怪談のテープ起こし

三津田信三

集英社文庫

目次

怪談のテープ起こし

序章

本書は「小説すばる」（集英社）二〇一三年三月号から二〇一六年一月号に不定期連載した六つの怪奇短篇《たんぺん》を、『怪談のテープ起こし』として一冊に纏《まと》めたものである。

こういった短篇集を編むとき、著者がやることはあまりない。改めて各作品に目を通して手を入れる。各話の内容を吟味して掲載順を検討する。編集者から依頼があれば、「はじめに」や「あとがき」の原稿を執筆する。これくらいだろうか。別の作家や評論家の「解説」が入る場合もあるが、それに著者自身が関わることは当然だがない。

本書も簡単な「まえがき」を僕が書くだけで、あとは通常の手順を踏んで編集されるはずだった。でも今年（二〇一六）の一月初旬、「小説すばる」の担当編集者である時《とき》任《とう》美南海《みなみ》と、彼女の上司である岩倉正伸《いわくらまさのぶ》と打ち合わせをした際、話が短篇の掲載順に及んだのを切っ掛けに、その流れが変わってしまった。ちなみに二人は仮名である。

このとき三人が話し合っていた場所は、横浜市内にある某ファミリーレストランのボックス席で、窓際に座った僕の前に時任が、こちらから見て彼女の左隣に岩倉がいた。

テーブルの上には「小説すばる」に発表した拙作の抜き刷りが置かれている。

「弊誌にお書きいただいた順番のままで、私は良いと思います」

事前に考えて来たらしく、まず時任が何の迷いもなくそう言った。

掲載順の検討を行なうのは、一冊の短篇集として各作品を通しで読んだとき、似た内容の話が続かないように配慮するためである。もちろん著者も同じ小説誌に短篇を書く場合、できるだけ注意はする。だが、つい同じようなテーマを選んでしまうことが時にある。掲載が毎月ではなく数ヵ月に一度や不定期の場合は、尚更《なおさら》そういった事態が起き易《やす》い。掲載順の検討には、それを改める役目があった。

「私も気になったところは特にありませんが、先生はいかがですか」

岩倉は賛同しながらも、こちらの意見を求めてきたので、

「五つ目の『黄雨女《きうめ》』と六つ目の『すれちがうもの』は、怪異によって起きる現象が少し似ていませんか」

六話目の短篇を発表したあとで、遅蒔《おそま》きながら気づいた懸念を僕は伝えた。それだけでは分かり難《にく》いと思い、それぞれの具体的な箇所まで挙げた。

「あぁ、そこですね。確かに仰《おっしゃ》る通り、少し似ているかもしれません」

岩倉の素早い反応に比べ、時任の沈黙が、僕には不思議だった。

それまでの会話から、岩倉が拙作をあまり読み込んでいないことは、なんとなく察し

がついていた。かといって彼を非難する気は毛頭なかった。岩倉は連作短篇を纏める打ち合わせに、時任の上司として同行したに過ぎない。作品の内容は彼女が把握していれば充分である。そして実際、時任は非常に優秀な編集者だった。だからこそ彼女も、「黄雨女」と「すれちがうもの」の類似が気になるはずだと僕は思った。しかし、なぜか反応がない。むしろ通り一遍にしか読んでいないらしい岩倉のほうが、こちらの意見に理解を示している。

妙だな。

僕がそれとなく時任を観察していると、そんな部下の不審な様子を知ってか知らでか、岩倉が続けた。

「仮に掲載順を変える場合ですが、どちらの作品を何処《どこ》へ移すのが良いと、先生はお考えでしょうか。それとも全体の構成を、一から組み直されますか」

「いえ、そこまで変える必要はないと思います。個々の作品の題材を選ぶたびに、前作と似た話にならないように、一応は配慮したつもりです。それでも最後の二作で、うっかりしてしまいました。ですから、このうちの一作を移動させるだけで、掲載順の問題はすむのではないでしょうか」

「なるほど。それで移動場所ですが――」

そう言いかけたところで岩倉は、その案を出すためには、六つの短篇の内容に精通し

ている必要があると思ったのか、

「君は何処が相応《ふさわ》しいと考える？」

すかさず隣席の時任に振ったのだが、彼女の返答には二人とも驚いた。

「このまま動かさないほうが、むしろ良いです」

岩倉は一瞬、言葉に詰まってから、

「むしろ――って、どういうことだ？　先生も私も、最後の二篇で起こる怪異が少し似ていると感じたんだが、君はそうじゃなかったのか」

やや問い詰めるように訊《き》いた。時任の態度が普段と違うことに、ようやく彼も気づいたのかもしれない。

「確かにちょっと似ていますが、わざわざ掲載順を変えるほどではないと思います」

「そういう見方もあるだろうが――」

岩倉の声音に咎《とが》めるような響きがあったので、

「口出しして、すみません」

僕は一言、彼に断ってから、時任に問いかけた。

「掲載順の検討は重要だけど、今回の場合、確かにそこまで大事《おおごと》ではないかもしれない。でも逆に言うと、たった一作品の順番を変えるだけで解決する問題だ。変更しないより、したほうが少しでも良くなるなら、やっぱりするべきじゃないかな。それとも他に、もっと大事なことがあると、時任さんは言いたいのだろうか」

そう尋ねながらも僕の脳裏には、ある心当たりが浮かんでいた。ただし、まさか……という思いも強かった。そのため彼女の次の台詞《せりふ》を耳にしても、俄《にわ》かには信じられなかった。

「弊誌での掲載順に拘《こだわ》るのは、その間に私が体験した例の薄気味の悪い出来事を、各短篇の間に挿入するという案を、実は考えているからなんです」

「……時任さんが書くの？」

「いえ、そこは先生にお願いできればと考えております」

「けど……」

「そのほうが簡単な『まえがき』をつけただけの短篇集として刊行するより、絶対に面白くなります」

「しかし、ああいうことを書いて良いのかどうか……」

「これって、逆じゃありませんか」

時任が悪戯《いたずら》っぽく笑うので、僕が戸惑っていると、

「本来なら先生が『本書に加えたい』と仰り、体験者の私が『そんなの厭《いや》です』とお断りする。そういうものではないでしょうか」

「あっ、確かに」

彼女の指摘に、思わず僕は苦笑した。

「それにしても自らの体験を、自分が担当する書籍に使うなんて、編集者の鑑《かがみ》だな」

「ありがとうございます」

「えっ、何のこと？　いったい何ですか」

完全に蚊帳《かや》の外に置かれた状態の岩倉が、まず不安そうに時任を見て、それから助けを求める顔をこちらへ向けたので、

「実は――」

僕は眼差《まなざ》しだけで彼女に許可を取ると、それまでの経緯を簡単に纏めて話すことにした。それが以下の文章と幕間の（一）と（二）である。

時任美南海から連絡があったのは、二〇一二年の十二月中旬ではないかと思う。同月の八日に立命館大学で講演をした僕は、そのまま京都に一泊した。この年の手帳を確認すると、帰宅してから講談社と角川書店（現KADOKAWA）の編集者と立て続けに打ち合わせをして、そのあと時任に会っている。京都から戻って割とすぐに、彼女の連絡を受けたに違いない。

僕が住む町には手頃な喫茶店がなく、最初はイタリア料理店で待ち合わせをした。眼鏡をかけた童顔の時任美南海は、何処となく頼りなげな新入社員にしか見えなかったが、「小説すばる」編集部に五年いると聞き、ちょっと驚くと共に安堵《あんど》した。その安堵感は

嬉《うれ》しいことに、彼女と話すにつれ増していった。洋の東西を問わずホラー関係の小説をよく読んでいることが――その中には拙作も入っていたが――とにかく僕を安心させた。何よりも知ったかぶりをしない態度に好感が持てた。

当たり前だが執筆依頼をする作家の作品すべてに、事前に目を通している編集者などそういない。仮にいるとしたら、元々その作家の愛読者だった場合だろう。にも拘《かかわ》らず編集者の多くは、あたかも全作品を読んでいるかのような振る舞いを時にする。言わば「大人の対応」である。本人に自覚はないのかもしれないが、作家側には少なくともそう映る。もちろん「あなたの作品は一冊しか読んでいません」と明言されるのも困りものだが、とても話がし難いのは事実だ。かといって一々「拙作のこれはお読みですか」と、こちらから尋ねるのも疲れてしまう。

その点、時任は非常にはっきりしていた。拙作のミステリ主体の作品には疎いが、ホラー全般には強いと、すぐに分かったからだ。こうなると打ち合わせをするにもかなり楽である。

「先生にご依頼したいのは――」

しばらく雑談をしたあとで、時任が依頼内容を口にした。

「弊社の『小説すばる』二〇一三年三月号の〈早春のホラー小説特集〉です」

「早春のホラーという表現は、爽やかそうでいて実は違っている、なんだか矛盾した感じが出ているな。そういう意味では、サイコっぽい雰囲気があると思う」

　素直な感想を述べると、ぱっと時任は顔を明るくさせて、

「それは鋭いご指摘です。この特集のキャッチコピーは、『咲いたのは、桜か？　それともオマエの狂気か？』なんですよ」

「へぇ、そうなのか」

　ここで「やっぱりな」と言っておけば格好良かったのだが、自分でも当たったことが意外だったので、つい感心してしまった。

「つまり三月号の特集では、異常心理物が求められてるってこと？」

「いいえ、特にそういう縛りはありません。サイコ物に限定しますと、どうしても生きている人間の狂気が主題になってしまいます。そういった作品も必要ですが、できるだけバラエティに富んだ内容にしたいと考えております」

　エンターテイメント系の小説誌の特集としては、当然そうなるかと納得した。ミステリであれば「密室」や「アリバイ」といったテーマ設定も自然にできるが、昨今ではほとんど見かけなくなった。ホラーであれば尚更だろう。なぜなら多くの小説誌が一個の商品としてではなく、作家に長篇を連載させて一冊の本に纏めるための、言わば器になって久しいからだ。そういう媒体の特集に、テーマ主義はあまり相応しくない。

「とはいえ、そういうキャッチがあるから、きっと皆さん、ある程度は異常心理物を意

識するんじゃないかな」

「そうかもしれませんね。ただ、どの先生方にも、同じご依頼の仕方をしております」

「うん、よく分かりました」

僕は怪奇短篇の執筆依頼を受けることにした。これまでに書いたノンシリーズ物の拙作短篇のほとんどが、多かれ少なかれ超常的な現象の起きるホラーである。その中にはサイコ物と呼べる作品もあったが、すべては人間の狂気のせいでした、で終わる話は恐らくない。それを時任は理解しているに違いない。だからこそ僕に依頼したのだろう。

これは彼女の期待に応えるためにも、異常心理物っぽく見えて、根っ子の部分では実は違う話を探す必要があるな。

そんな風に考えていると、まるで僕の心中を見透かしたかのように、期待と不安が半々に交じった表情で時任に訊かれた。

「先生の書かれるホラーの多くが、実話を基にしているという噂《うわさ》がありますけど、あれは本当でしょうか」

「うん、まぁ、そういう作品もあるな」

曖昧ながらも肯定すると、彼女の顔がぱっと輝いた。

「だから最初に著者らしき『僕』が登場して、これから紹介する体験談に因《ちな》んだお話を、いつもエッセイ風に書かれるわけですね」

「本篇よりも冒頭の無駄話が好き、という読者もいるよ」

「あっ、分かります」

時任は楽しそうに笑ったあと、急に真顔になると、

「弊誌にいただく短篇も、ぜひその方向と構成でお願いします」

そう言いながら深々と頭を下げたので、できるだけ努力すると僕も約束した。

こうして「小説すばる」二〇一三年三月号（発売は前月の中旬、以下同）に発表したのが、次に掲載する「死人のテープ起こし」という作品である。

なお唐突ながら——余計な注意かもしれないが——もしも本書を読んでいる最中に、のちに記す時任美南海と似たような体験をされた方は、いったん気分転換してから読書に戻るように、と予《あらかじ》めお願いしておきます。

死人のテープ起こし

作家になる前の編集者時代に、僕は自分の趣味嗜好《しこう》を活かした書籍を何冊か企画していた時期がある。社員の出入りが結構激しかったせいか、年齢の割に編集部で古株だったこともあり、それが企画を通すのに多少は有利に働いたのかもしれない。ともあれ一介のサラリーマンとしては、かなり好き勝手にやらせてもらっていたと思う。

例えば、一巻ごとに世界の国や都市を取り上げ、その地の歴史的または文化的背景に彩られた広義のミステリースポットまたはテーマを、各巻すべて十三人の執筆者による十三章で構成した全十三巻の『ワールド・ミステリー・ツアー13』や、その日本版とも言うべき『日本怪奇幻想紀行』といったシリーズ書籍である。版元では文芸物を扱っていなかったので、小説以外の分野でミステリーやホラーに関する企画を、せっせと当時の僕は考えていた。

ちなみに小説や映画は「ミステリ」、神秘や不思議を意味する場合は「ミステリー」と、個人的に使い分けていることを最初にお断りしておきたい。

当初は書店の棚を確保するという営業的見地からも、シリーズ書籍を中心に企画を組み立てていたが、一冊当たりの執筆者数が多く何かと大変である。そのうち単著や著者が少人数の共著の編集をしたくなってきた。それも海外よりは日本に、ミステリーよりはホラーに焦点を当てた書籍をやりたい。そこで考えたのが先の企画のように「ツアー」や「紀行」といった縛りを設けない《ホラージャパネスク叢書《そうしょ》》である。叢書という受皿さえ作っておけば、多少は毛色の違う本を出しても纏《まと》めることができると踏んだからだ。

ここでは実話怪談本『幽霊物件案内』や日本妖怪紀行『妖怪旅日記』などの正統派企画を取り上げるだけでなく、ちょっと妖しい温泉場を辿《たど》る『幻想秘湯巡り』といった周辺書までも、叢書の立ち上げから視野に入れていた。はじめから怪談や妖怪といった人気のあるテーマのみに絞ってしまうと、早晩この叢書は行き詰まるだろうと案じたのと、何より自分自身が飽きそうな気がしたためである。

周辺書に該当する企画で僕は、文学や民俗学や建築学や心理学や社会学といった分野の中に潜む「怪異的なるもの」を取り上げたいと考えていた。結局刊行には至らなかったが、その中に『死にたがる場所』があった。これは国内の自殺の名所を「死を想え《メメント・モリ》」の思想で考察できないか、という発想が基になっている。決して際物ではなく真面目な本を作るつもりだった。各分野の専門家から執筆者候補を選び、何人かと打ち合わせも進めていた。だが、やはり内容が難し過ぎたのか、進捗状況は芳しくなかった。

そんなときノンフィクション作家の島村菜津《しまむらなつ》から、ライターの吉柳吉彦《きりゅうよしひこ》という人物を紹介された。島村とは、僕がビジュアル月刊誌「GEO《ジオ》」の編集をしていたころからの付き合いで、先述したシリーズ書籍にも原稿を書いてもらっていた。『イタリアの魔力』というミステリー紀行本を一緒に作ったこともある。日本にイタリアのスローフードを紹介して広めた人というのが、現在の島村のプロフィールかもしれないが、彼女には『フィレンツェ連続殺人』や『エクソシストとの対話』といった書籍の著者という顔が、実は別にあった。もちろん僕が知り合ったのも、こちらの島村菜津である。

あれは渋谷《しぶや》の西武に入っている紅茶専門の喫茶店で、島村との打ち合わせが終わったあとだった。雑談の中で僕から『死にたがる場所』が遅々として進まないことを聞いた彼女は、前に同じような企画を耳にした覚えがあると言って、ライターの吉柳吉彦の名前を挙げた。

島村によると吉柳は、僕より五つ年上の元編集者だという。その当時から一風変わった企画を出していたが、やはり版元の編集者では限界があると、フリーのライターになったらしい。肝心の企画の詳細は分からなかったが、彼に興味を惹《ひ》かれた僕は連絡先を教えてもらった。

念のために吉柳吉彦が書いた雑誌の記事や書籍の文章を、いくつか探して読んでみたが結構これが面白い。島村菜津が紹介するだけのことはある。普通のライターというよりルポライターに近い仕事をしているのも、こちらとしては好ましい。この人の話なら聞いてみたいと思った。そこで手紙と《ホラージャパネスク叢書》の数冊をまず送り、それから電話を入れて打ち合わせの日時を決めた。

吉柳吉彦と神保町《じんぼうちよう》の喫茶店で会ったのは、じめっと湿った梅雨時の、とても蒸し暑い日の夕方だった。約束の時間より三十分近く遅れて来た彼の、第一印象は正直あまり良くない。五分刈りの頭に、鋭く細い目と団子鼻と分厚い唇を配した色白の顔をして、いかにも不健康そうに太った身体《からだ》に、髑髏《どくろ》の柄の黒いTシャツと両膝の下で断裁したジーパンを纏っている。人様の容姿や装いをどうこう言うつもりはないが、とにかくふてぶてしいの一言に尽きた。それが社交性の欠如に繋《つな》がっているのか、初対面の挨拶をすませたあと、もっぱら話題を提供して喋《しやべ》ったのは僕だった。吉柳はむっつり黙ったまま、思い出したように相槌《あいづち》を打つだけで、ほとんど話さない。これで編集者がよく務まったなと、ちょっと驚いたほどである。

しばらく当たり障りのない話を続けていたが、これでは埒《らち》が明かないと思った僕は、単刀直入に尋ねた。

「ところで、吉柳さんは主にどういった原稿を書かれているのですか」

すると彼が、ようやく重い口を開いた。その結果、事前にこちらで調べた雑誌や書籍の他にも、かなり広範囲に亘《わた》って仕事をしていることが分かり、少し安心した。過去の業績は――その中に彼の売り込みが多分に含まれているにしろ――彼がライターとして並々ならぬ力を持っている証《あかし》である。

吉柳の仕事に関する話が一通り終わったところで、

「君は小説を書いてるって、島村さんから聞いたけど」

唐突にそう言われた。

「……あっ、はい。あくまでも趣味のレベルですが」

「でも、活字になった作品もあるとか」

「そうですが、アマチュア作家とも呼べない程度です」

鮎川哲也《あゆかわてつや》編『本格推理③』（光文社文庫）に短篇《たんぺん》が載っていたが、当時はそれだけだった。アマチュア作家だと名乗るのさえおこがましいうえに、そもそも僕自身が作家になりたいとも、なれるとも思っていなかった。本当に趣味で執筆していただけである。

ところが吉柳は、そんな僕を作家志望だと勘違いしたようで、

「仮にデビューできても、勤めはまず辞めんことだ。サラリーマンとはよく言ったもので、毎月ちゃんと銀行に振り込まれる給料がどれほど有り難いものか、フリーになると嫌でも実感するからな」

先ほどまでの無口が嘘《うそ》のように話し出した。

「吉柳さんも、最初はそうだったんでしょうか」

「ああ。けど幸い貯金があったのと、俺は独身だから妻子を養う必要がない。だから思い切ったことができる。とはいえ特定の専門分野のライターでもない限り、幅広い知識と人脈がないと、まずフリーでは食っていけんよ」

「確かにお書きになっている原稿は、様々な分野に跨《また》っていますよね」

「だから会社を辞めたんだ。いくら自分が興味を持ったテーマでも、部署によっては企画が通らないし、そもそも自社では扱わない分野だったこともあってな」

一頻《ひとしき》り吉柳が勤めていた版元の悪口を聞かされたあと、

「ただな、フリーで単行本企画の売り込みをするのは大変だ。たとえ企画内容が面白くても、それなら名のある著者に執筆依頼をしようという話になる。その方が売れるからな。俺もフリーになった当初はそれで満足していた。けど、自分で書かないのならフリーになった意味がないと、そのうち思うようになったわけだ。そこで俺は、企画の段階から――」

ライター吉柳吉彦の仕事に対する考えを延々と聞かされた。

「なるほど。ところで、お手紙にもお書きしたのですが――」

このころには、自分自身に関する話題であれば彼は饒舌《じょうぜつ》になるらしいと、さすがに僕も分かってきた。そういう意味では、やはり編集者よりも執筆者向きなのかもしれない。もちろん僕にとっては願ったり叶《かな》ったりである。こういう人は、きっと自分が立てた企画に対しても熱弁を振るうに違いない。

そこで『死にたがる場所』の説明を簡単にしてから、類似企画をお考えのようですが、と水を向けた。すると案の定、吉柳が乗ってきた。ただし、こちらの企画に似ていると言われたことが気に障ったのか、

「俺の企画は、そんな抽象的なものじゃない。人間の死を哲学的に考察するなんて、それこそ類書がごまんとあるだろ」

結構強い口調で返された。

「自殺の名所に対象を絞ったところは、ちょっと面白いと思うけどね」

と付け加えたのは、思わずむっとしてしまった僕に対する配慮ではなく、本当にそう感じたからだろう。吉柳吉彦という男が他人の企画を褒めることなど滅多にないと分かるだけに、何とも言えぬ複雑な気分になった。

「吉柳さんの企画は、もっと具体的なんですか」

気を取り直して尋ねると、彼は思わせ振りな表情で、

「実は今、入水《じゆすい》自殺に関する取材をしている」

「それは特定の場所や人物に焦点を絞った記事でしょうか」

「いや、もっと総体的な内容だな」

「具体例は取り上げない？」

「ないわけじゃない。それこそ君の好きそうな怪談話もあるからな。でも、俺としては物足りない。もっと直接的で濃いものを扱いたいんだよ」

「直接的？」

絶対に他言しないと誓わせたうえで、吉柳はとんでもない話をはじめた。

「直接的も直接的、これから死のうという人間の肉声を纏めて、一冊の本にしようというんだからな」

「……どういうことです？」

「自殺する間際に、家族や友人や世間に向けて、カセットテープにメッセージを吹き込む人が、たまにいる。それを集めて原稿に起こせればと、俺は考えているんだ」

「死人のテープ起こし……ですか」

「おっ、その表現はいいな」

はじめて吉柳の顔に笑みらしきものが浮かんだが、

「もっとも死ぬ前に残したものだから、死人っていうのは嘘になるけどな」

すかさず駄目出しをしたのは、いかにも彼らしい。しかし、そんな指摘など気にならないほど、この企画に僕はかなりの興味を覚えた。

「そういったテープが、すでに吉柳さんの手元にあるのでしょうか」

鷹揚《おうよう》に頷《うなず》く彼を見て、僕は興奮した。

「MDではなく、テープなんですか」

このころとっくにテープは廃れていた。僕も取材やインタビューで使うのは、もっぱらMDだった。

「すべてテープだな。自殺者の平均年齢を出せば、きっと五十代の半ばになる。ほとんどがカセットテープに親しんだ世代だ。俺もそうだけど、そういう者にとってMDって代物は、本当に録《と》れてるのかどうか、機材を見ただけじゃ分からない」

「テープのように回っているのが確認できませんからね」

「自殺者が吹き込むんだから、やり直しは利かない。そうなると操作に慣れていて、目の前で録音状態が確かめられるカセットテープを選ぶのは、当然じゃないか」

「なるほど。それでテープですが、何本くらいあるんです？」

「さぁな。けど十年近く集めているから、そこそこの数にはなってるはずだ。でも、すべてが使い物になるとは限らない」

「録音状態の問題ですか」

「違う。もちろん中身だ。あとに残る両親や妻、または子供を気遣う夫のメッセージなんか原稿にしても、一向に面白くないだろ。俺が編集したいのは、お涙頂戴の似非《えせ》感動本じゃないからな」

「つまり……」

「その人が自殺を決意するに至った動機を綿々と訴えていたり、自殺現場の状況をやたら冷静に描写していたりと、そういった鬼気迫る内容を、いかに生々しく原稿に起こして読者に伝えられるかが、この企画の肝じゃないか」

「……」

「そういった負の感情が録音されていないと、いくら自殺者が残したテープでも使えない」

「……」

「もっとも会社への恨み、特定の人物への辛《つら》み、家族への憎しみを口にしているテープなんて、実際はほとんどないけどな」

「……」

「そういう感情を表に出せる奴《やつ》は、まだエネルギーが残ってる証拠だよ。だから自殺には至らない。この世から消えようって輩《やから》の多くは、もう精も根も尽き果てている。たとえ恨み辛みを述べるにしても、そこにあるのは怒りよりも諦めだよ。それを陰々滅々と繰り返すわけだ」

「そ、そんな代物を吉柳さんは、いったい何処《どこ》から手に入れるんですか」

ようやく僕は、そこで口を挟めた。テープの内容も気になったが、その入手先に途轍《とてつ》もない興味が湧いていた。

だが、吉柳は厭《いや》な笑みを浮かべると、

「それは明かせない。もっとも一箇所じゃないし、各々に別の経緯があるからな。そう簡単には説明できんよ」

「仮にテープ起こし原稿を雑誌に発表できたとして、遺族からクレームが出る心配はありませんか。書籍化して刊行する場合も同じです」

テープの提供者がはっきりしない以上、真っ先に持ち上がる問題が、すぐさま僕の脳裏に浮かんだ。

「ない」

しかし彼は即答した。

「なぜ言い切れるんです？」

「俺の手元に来た段階で、関係者はテープの所有を放棄している。理由は色々だ。たいていは金で解決済みか、そんなものに関わりたくないか、そもそも存在自体を知らないかだな」

「そうなると、やっぱり――」

「大丈夫だ。テープに出てくる固有名詞は伏字か仮名にするし、語られている話にも少しは手を加える。万一オリジナルを知っている者が読んでも、同じだと断言できないように改稿するからな。とはいえ元の語りが持つ臨場感まで消すつもりはない。そこは上手《うま》くやるよ」

それでも僕が納得していないのを察したのか、吉柳はむすっとした表情で、

「もし版元にクレームが入れば、すべて俺が対処する」

これで文句はないだろうとばかりに、そう続けた。

「これまで他社に、この企画を持ち込まれたことはあるんですか」

「まず雑誌で連載して、その後に本に纏める話を数社にしたけど、何処も『暗過ぎる』って及び腰だった」

それだけが理由ではないだろう。もっと暗くて悲惨な話なら、週刊誌に嫌というほど溢《あふ》れている。おそらく最大の問題は、テープの入手先の不透明さではないか。彼が隠したがる気持ちは分からなくもないが、どうにも胡散臭《うさんくさ》いのだ。俺を信用しろと言われても、これでは無理だろう。

しかし、このとき僕は頭の中で、どういう構成にすればこの企画を最大限に活かすことができるか、すでにあれこれと考えはじめていた。テープ起こし原稿だけを取り上げるのは、いくら何でも不味《まず》い。かといって学者の分析めいた文章で前後を埋めるのは、あまりにも安易である。この企画が書籍として成功するかどうかは、全体構成の如何《いかん》にかかっている。

そんな僕の思惑を、どうやら吉柳は逸早《いちはや》く察したらしい。

「ただ、そっちの《ホラージャパネスク叢書》に相応《ふさわ》しい内容かどうか」

急に勿体《もったい》ぶった物言いで、難癖をつけ出した。

「既刊の内容を見ても、エンターテイメント色が強いからな。そこで『死にたがる場所』なんていう企画を考えたわけだろうが、それでさえ社会性があるというより、むしろ文学的な匂いがする」

「別に社会性を求めているつもりは……」

「そんな叢書に、この毒気の強い企画が合うだろうか。これを加えることによって、叢書そのものが崩壊しないか」

大袈裟《おおげさ》な表現ながら、吉柳の心配はもっともだった。とはいえ実際に《ホラージャパネスク叢書》の行末を案じた発言でないことくらい、こちらもお見通しである。だから遠慮せずにこう言った。

「その判断は、テープ起こし原稿を拝見したうえでさせていただきます」

「まだ君に見せるかどうか、俺は決めてないけど」

「サンプル原稿がなければ、この企画を進めることはできません」

こちらの意思をはっきり伝えると、細い目を一層鋭く細めながら、何とも横柄な態度と口調で吉柳が応えた。

「まぁいいだろ」

そこから僕たちは具体的な打ち合わせをして、左記のような七つの取り決めをした。

一、企画の仮タイトルは『死人に口あり』とする。

二、多くのテープは集めただけでほとんど聞いておらず、もちろん他の仕事もあるので、その聴取に二ヵ月の猶予を見る。

三、内容の違うテープを三本選び、サンプルとして原稿に起こす。

四、サンプル原稿は、自殺者の簡単なプロフィール、自殺の状況、テープの内容から構成する。

五、テープで語られている固有名詞は伏字か仮名にする。

六、テープに録音された本人の肉声以外の物音は、適宜（　）内に簡単な説明を入れる。

七、企画の全体構成については、サンプル原稿の検討後に打ち合わせをして、それから詰める。

どれも本企画を進めるに当たり、基本的な内容ばかりである。逆に言うとこの時点で、これ以上の打ち合わせは無理だった。

ところが吉柳吉彦は、初版の刷り部数や定価や保証印税率についても、具体的な話をしたがり困った。確かに日本の出版業界では、こういった肝心な話が後回しにされる傾向がある。本が刊行されて一ヵ月も二ヵ月も経《た》ったあとで、はじめて著者に部数と印税額が知らされる例も少なくない。しかし、この段階でそういう話をするのが不可能なことくらい、元編集者だった吉柳が一番分かっているはずではないか。今後の付き合いを考えて、早くも僕は少し頭を抱えたい気分になった。

それでも吉柳には二週間に一度くらいの割合いで、様子伺いのメールを送った。あまり煩《うるさ》くすると逆効果になり兼ねないので、文面はシンプルにした。自殺に関する新聞や雑誌の記事を見つけると、それを知らせたりもしたが、どんなメールを送っても彼からの返信は皆無だった。

予想通りのコミュニケーション不全に困ったが、八月の盆休み前に突然、彼から郵便でサンプル原稿が届き、僕は心底ほっとした。

封筒には挨拶など一切ない素っ気無い手紙が一枚と、横にしたA４用紙に縦書きで印字された三人分のテープ起こし原稿が入っていた。手紙には「興味深い共通点のあるサンプルが三つ見つかったので、それを送る」という意味深長な文言があり、嫌でも好奇心を掻《か》き立てられた。

以下に紹介するのが、そのサンプル原稿である。

サンプルA

自殺者の情報＝男性、独身、関西出身、六十二歳。

関西の電気設備関係の会社で、長年に亘り寮生活をしながら営業を担当。定年後は契約社員として倉庫の商品管理の仕事をしていた。それが二年前の再雇用時に、月給が定年前の六分の一に減額された。しかも週の労働時間が減ったことから、会社も負担していた健康保険料の全額が自己負担となる。労働組合に相談したところ、労働時間は増えたが、社員寮から追い出された。その後、職場で陰湿な嫌がらせを受け、体調を崩して休職を繰り返すうちに、遂《つい》に解雇される。身体が快復しないため再就職も叶わず、わずかな貯金で食い繋ぐが、それも数ヵ月で底を突いたらしい。

テープについて＝自殺現場に残されたAのメモ書きの希望通りに、会社の社員寮で一緒だった某氏（男性、三十代後半）へ、警察より届けられた。ただし某氏によるとAと特に親しかった覚えはなく、なぜ自分宛てにしたのか、さっぱり分からないという。迷惑に思うというより、困惑して気味悪がっている様子だった。少なくとも某氏の知るAは、とても無口で大人しい人物だったという。

テープに録音されていたAの肉声＝

「……ビジネスホテルの部屋や。ほんまは京都の旅館にでも泊まりたかったけど、もうほとんど金がないからな。

正社員やったころは、こんなホテルをよう利用したもんや。それが最期に、また使うことになるとはなぁ……ふうっ。

(室内を歩き回っている)

……なんや、冷蔵庫にビールもないんか。コンビニで発泡酒でも買《こ》うて来たら良かった。いや、この期に及んで発泡酒とは、俺も貧乏臭いわ。

(録音を止める音)

(再び録音がはじまる)

……さてと。風呂に入ったし、ビールも飲んだし、そろそろやるか。

それにしても俺、いったい誰に喋ってるんやろな。これ聞くのは警察か。こんなもん、わざわざ残す奴おらんやろうなぁ。

……あっ。……ないわ。こらあかん。はっはっは(乾いた笑い)。

首吊《つ》ろう思うたのに、ロープをかけるとこがあらへん。ビジネスホテルを選んだんは失敗やったな。

せやけど、政治家の秘書がホテルの部屋で首吊り自殺したいう記事を、前に何度か見たことあったぞ。

……そうか。あっちは高級ホテルで、こっちは安いビジネスホテルの差ぁか。金がある奴とない奴では、自殺すんのにも差が出るんかいな。

……ふっふ。しかし俺も阿呆《あほ》やなぁ。こんなとこ何十回と泊まってる癖に、首を吊れるかどうかも事前に分からんとは。

まっ、そんな阿呆やから、こないなってしもうたんやけどな。

さて……と。

(録音を止める音)

(再び録音がはじまる)

『──へは、はじめてでございますか』

『うん。ところで、新館は一室も空いてへんの？』

『へぇ、生憎《あいにく》と内装を変えとる最中でして。使えるお部屋もございますが、全部に予約が入っております。それで旧館にご案内したんですが──どうぞ』

(テーブルに湯飲みを置いたらしい音)

『では、何ぞございましたら、フロントにお電話をおかけ下さい。ほな、どうぞごゆっくり』

(衣擦《きぬず》れと畳を歩く音、襖《ふすま》を開け閉めする音、微《かす》かに戸を開け閉めする音)

……嘘やな。こっちの格好を見て、新館やのうて旧館へ通したに違いないわ。しかもここ、旧館の中でも、もう使《つこ》うてへん部屋やないのか。

(室内を歩き回っている)

やっぱり碌《ろく》に掃除もしてへんぞ。俺も舐《な》められたもんや。

……通されたときから、なんや陰気な部屋やと思うとったけど、もう長いこと閉め切ってあったんかもしれんな。それをテーブルとか目につくとこだけ、ちょこちょこっと掃除したんやろ。

……ぎぎぎっ。

(窓を開けている音)

えらい建てつけが悪いな。

裏は竹藪《たけやぶ》と小川か……。こりゃ風情があるいうより、なんや薄気味悪いで。

へっ、自殺する者《もん》が贅沢《ぜいたく》言うたらあかんか。ここの宿代も踏み倒すんやからな。

そう考えたらフロントの女は、なかなか見る目があるっちゅうわけや。伊達《だて》に客商売はしてへんてことか。

けどまぁ、まさか自殺するとは思うてへんやろ。

(再び室内を歩き回る)

おっ、ビールはあるか。けど冷えてへんな。冷蔵庫の電源、こりゃ入れたばっかりやで。強にして、風呂に入るか。

(録音を止める音)

(再び録音がはじまる)

風呂はさすがに良かったな。えらい長湯してもうたわ。

ビールもよう冷えとる。

（瓶とコップの鳴る音、座椅子が軋《きし》んだような音）

……静かやな。竹藪がざわざわ騒いどるんと、小川がちょろちょろ流れとるんが、よう聞こえる。夜寝られんかもな。

（ごくごくとビールを飲んでいる音がしばらく続く）

……ここで寝とうないな。

（ビールを飲む）

やっぱりここ、変やないか。それとも神経質になり過ぎか。

（ビールを飲む）

古い部屋やから、そう感じるだけやろ。第一ここに泊まるわけやないもんなぁ。

（立ち上がって冷蔵庫からビールを取り出している）

どうせ死ぬんやったら、最期くらいええ目してと普通は思うやろけど、実際はそうやないんやなぁ。

（ビールを飲む）

……そんな元気、もうあらへんわ。

（しばらくビールを飲む音が続く）

ちょっと酔うてきたか。発泡酒やのうてビールをこんだけ飲むんは、ほんまに久し振りやもんな。しかも空《す》きっ腹にって、身体にようないで。

（ビールを飲む）

ここやったら、あの鴨居《かもい》がええか。欄間にロープくらい通るやろ。

（ビールを飲む）

踏み台は……ないな。テーブルじゃ大きいし……おっ、鏡台があるわ。小さいから使い易《やす》そうやし、ちょうどええ。

（ビールを飲んでから立ち上がり、部屋の中を歩いている）

鏡が曇っとるな。俺が女の客やったら、フロントにクレームを言うとこやで。

（鏡台を移動させて、ごそごそと何かをしている。おそらく鞄《かばん》からロープを取り出して、鏡台に上っていると思われる）

……なんや、欄間が壊れとる。まぁ結び易うてええけど。

（鴨居にロープを結びつけているらしい）

……ふうっ。これでええ。

（冷蔵庫からビールを取り出し、座椅子に座ったらしい音）

なんや疲れたな。大したことしてへんのに……。

（ひたすらビールを飲む音が続く）

……ふうっ。ふうっ。

（ビールを飲む合間に、やたらに溜息《ためいき》を吐《つ》く）

……あかん。なんぼ飲んでも喉が渇きよる。もう一本飲むか。

(立ち上がって冷蔵庫からビールを取り出している)

……はぁ。

(ビールを飲む音と溜息が続く)

……よし、やるか。

(立ち上がった気配)

せやけど、いざとなったら怖いな。

(声が少し震えている)

あっ、せや。

(コツコツという物音。おそらく部屋に備えつけられたメモ帳に、元同僚の名前とテープを残す旨を記していると思われる)

これでええ。

(ビールを飲む)

やるか。

(ここから声が少し遠くなる。テープレコーダーをテーブルに置いたからだと思われる)

……はぁ、はぁ、はぁ。

（微かに荒い息遣いが聞こえる）

やっぱり怖いな……。

……ふうっ。はぁ、ふうっ、はぁ。

（深呼吸している気配がしたあと、急に静かになる。なぜか小川のせせらぎが、はっきりと聞こえ出す）

……はぁぁぁっ。

（止めていた息を一気に吐き出したような音）

やるぞ。やるぞ。俺はやるぞ。

（一瞬の間があって）

うおぉぉぉぉっ！

（鏡台が倒れたらしい音）

……があっ、ぐうぅぅぅ、げっ。

（数秒の間、もがくような音が続く。背後で小川のせせらぎが大きく響いている）

……ぎっ。

（軋むような音）

……たっ、たっ、たっ。

（何かが畳に滴っているような音）

……………………………………………………。

（小川のせせらぎも消え、かなり長く静寂が続く）

……ぎぎぎっ、かたっ。

（窓を閉めたような音が微かに聞こえたのを最後に、あとは何も録音されないままテープが回り続け、終わりに達したところで自動的に切れて止まる）」

サンプルB

自殺者の情報＝男性、妻子あり、中国地方出身、在日二世、五十七歳。

四国で販売代理店を経営していた。社員は三人、うち一人は女性で社長秘書と事務と経理を兼務し、二人の男性社員が営業担当だった。主に大手出版社が企画・編集した大型書籍（百科事典や専門分野の大系など）を扱っていたが、一般家庭や専門施設での訪問販売が難しくなり、また強引で執拗《しつよう》な営業手法も災いして、急速に業績が悪化。版元からの新商品の供給停滞も、それに拍車をかけた。家庭用浄水器の販売など他の商品にも手を出したが、ことごとく失敗。その一方で放漫経営から借金が膨らみ、社員の給料遅配が続く。家族にも黙って失踪したときには、完全に首が回らない状態だった。

　テープについて＝車内からビニールに包まれたテープレコーダーが見つかり、この録音内容により警察は自殺と断定したらしい。レコーダーと中に入っていたテープは他の遺留品と共にBの妻に渡されたが、彼女は処分した。妻によると、Bは秘書と浮気をしており、夫には何の未練もないとのこと。

テープに録音されていたBの肉声＝

「(車のアイドリングのような物音が絶えず聞こえている)

……さっき妻に電話した。こうすけ(息子の名前)を頼むと言っといたんで、きっと立派に育ててくれるやろ。

あいつらまで道連れにはできん。ここは男らしゅう、独りで責任を取らにゃおえんからな。

(煙草《タバコ》に火をつけたらしい音)

今日がほんまに最後の期日やから、今頃は借金取りが事務所に押し掛けとるな。

(煙草を喫《の》んでいる気配)

ざまぁみぃ、お前らに捕まって堪《たま》るか。金を貸すときだけええ顔しやがって、ちょっとでも返せんと見たら、えげつない催促ばぁ仕掛けよる。まったく己らは人間の屑《くず》じゃ！

(何かを飲んでいる。おそらくウイスキーと思われる)

ここは見晴らしがええのう。

(煙草を喫み、ウイスキーを呷《あお》る)

誰の世話にもならんと、誰の助けも借りんと、ようここまで来れたもんじゃ。男たるもの、自分の会社を持って一人前じゃけぇな。他人に使われてどげんする。己の軍団を従えて、それを引っ張っていくんが、真の男やないけ。

（ウイスキーを呷る）

男なら……。

（いきなり歌を口ずさむが、半分以上は聞き取れない）

ようやった。ほんまにようやった。

ええか、こうすけ。立派な男になれ。ちまちまと本ばぁ読むんやないぞ。

（ウイスキーを呷る）

男は、責任を取らにゃおえん。今から、それを見したる。

……ん？　雨か。

（しばらく沈黙が続く）

気のせいか……。

なんや気持ちよう喋っとったのに、ほんまにどもならん……。

（ぶつぶつと文句が続くものの聞き取れない）

……えーっと、せや、男の責任の話や。

（ウイスキーを呷る）

度胸や。男は度胸や。

(ウイスキーを呷る)

根性見せたる。舐めんな。

(ウイスキーを呷る)

やるときはやるんや。

(ウイスキーを呷る)

……ふうっ。

(ウイスキーを飲み切った様子)

よし、行くで。

(エンジンを吹かしている音)

行くで。行くで。ほんまに行くで。

(一際高くエンジン音が上がった直後、急発進したらしい音)

うおおおおぉぉぉぉっ!

(舗装されていない地面を車が走る音、車が障害物らしきものに当たったような物凄《ものすご》い音)

……ああっ。

(この瞬間、崖から車が飛び出したと思われる)

うわっ！　な、何や？　嫌や、や、や、止《や》めろ。嫌や、助けて。うわっ、うわっ、うわっ、厭や、厭や、厭や、厭や、助けてぇぇぇっ、ああああああああああああぁっ！

（海面に車が突っ込む激しい音。次いで海中に沈んでいく車の内部に、どっと海水が入ってくる音が続く）

………。

（とても微かなBの声が聞こえた気もするが、何度確認してもはっきりとはしない。あとはテープが終わるまで、色々な物音が録音されているが、特に興味を惹かれるものはない）」

サンプルC

自殺者の情報＝男性、独身、関東出身、四十四歳。

福祉施設で長年に亘り介護士の仕事をしていたが、経営者が年配の女性社長に代わってから、労働条件と職場環境が一気に悪化。新社長は自分の気分次第で、利用者の前でも従業員の些細《ささい》なミスを罵倒するため、退職者が続出した。その尻拭いをさせられるのは、いつもCだった。しかも実際はやっていないサービスを行なったことにして、行政に料金を水増し請求する指示をCに出し、断っても強要して実行させた。しかし、その違法行為が発覚しそうになると、彼独りに罪を被《かぶ》せようとした。抗議しても聞く耳を持たず、怒りに我を忘れたCは社長を殴ってしまう。警察を呼ばれたため、Cは反射的に施設を逃げ出すが、水増し請求と暴行の罪を問われることを懼《おそ》れるあまり、そのまま行方を晦《くら》ました。

テープについて＝当時行なわれていた年に一度の地元警察と消防団による青木ケ原《あおきがはら》樹海の捜索で、行方不明から四年後にCの遺体は発見された。所持品は手提げ鞄だけで、その中から施設から持ち出した多量の睡眠薬が見つかった。小型のテープレコーダーは、彼の上着の胸ポケットに入っていた。遺留品は両親に渡されている。

テープに録音されていたCの肉声＝

「……樹海に着きました。なんか呆気《あっけ》ないです。もっと大変かと思ってました。バスを降りて、自販機でペットボトルの水を買って、少し歩けばもう樹海の中に足を踏み入れることができます。

自殺の名所だと聞いていたので、ぐるっと柵で囲われているんじゃないかと、覚悟してたんですが……。

それに樹海へ入ろうとすると、こんな汚い身形《みなり》だし、絶対に地元の人に止められるんじゃないかって、かなり警戒してたんですが……。

（少し間が空く）

ここに来たのは、昔読んだ松本清張《まつもとせいちょう》の『波の塔』が、ふと浮かんだからです。実際に本書を頭の下に敷いた白骨死体が、ここで過去に見つかったと、何かで読んだ覚えがあります。その人もきっと私と同じように、あの小説に影響されて、ここへ来たんでしょうね。

（大きく溜息を吐く）

意外だったのは、余りにも普通の森に見えることです。緑が非常に綺麗《きれい》で、本当にしばらく振りで清々《すがすが》しい気分になりました。もっと恐ろしいところだと信じていたので、正直ちょっと拍子抜けしたほどです。

単なる森と違うのは、地面が土じゃなく固まった溶岩で覆われており、おまけに大きな樹《き》の根っ子が、あっちこっちに出ていることでしょうか。

それより、びっくりしたのは遊歩道です。樹海の中に、こんなものが通っていようとは、まさか思いもしませんでした。

こういう整備がされているのは、観光客がここを歩くためでしょうね。閉ざされて人を寄せつけない樹海というイメージが、あっさりと崩れました。

少しでも奥へ入ると、すぐに方角が分からなくなって迷ってしまい、そのまま出られなくなる……というのが樹海の印象だったのに、どうやら遊歩道から外れない限りは、とても迷いそうにありません。

……だから私はその道を逸《そ》れて、今どんどんと森の奥へ向かいはじめています。

（少し速足で歩いている）

さすがに足場は悪いです。根っ子に躓《つまず》いて転び、硬い溶岩で頭でも打てば、大変なことになりそうです。

（しばらく沈黙が続く）

死ぬために来たのに、怪我《けが》の心配をするっていうのも変ですよね。

……けど、やっぱり痛いのは嫌だな。

だから私は、睡眠薬を飲むつもりです。ただ、早期に発見されると助かる可能性があるので、誰にも当分は見つからないであろう、樹海を選びました。

ここなら確実に死ねるでしょう。ひょっとすると永遠に発見されないかもしれません。

その場合、私は行方不明扱いになるのかどうか……。いえ、とっくにそうなっていましたね。

親にとっては、その方がいいのかもしれません。

（しばらく沈黙が続く。この辺りから息遣いが少し荒くなる）

……あっ、洞窟だ。いや、こういうのは風穴《ふうけつ》って言うんでしたっけ？

……あれ？　奥に小さな祠《ほこら》がある。

ということは、ここまで人間が入って来るってことですか。

駄目だ、駄目だ。もっと奥へ入らないと駄目だ。

（ひたすら歩いている気配が、かなり長く続く）

いつの間にか、辺りの様子が変わっています。

樹が……結構密生していて、緑が濃くなったような感じがします。

……なんとなく薄気味が悪いです。

（しばらく沈黙が続く。荒い息遣い）

ここまで来れば、さすがにもう……何だろ、あれ？

（速足になる）

キャンデーの箱が落ちていました。

……うーん、こんなところにまで観光客が入っているのでしょうか。それとも私のように死に場所を求めて来た人が、これを捨てたのでしょうか。

（ひたすら歩いている）

……えっ？

（急に立ち止まった様子）

あれって……。

（数秒の沈黙）

まさか……。

（歩いている）

うわっ。

（足早に歩き出す）

……首吊りを見つけました。多分そうだと思います。

（荒い息遣い）

でも、あんなに首が伸びるなんて……。

最初は、とても人間には見えませんでした。怖いです。あんなに首が……。にゅうっ……と。恐ろしい……。とても怖いです。

はぁ……。

（深い溜息）

首吊りにしなくて正解でした。死んだら一緒だと思いますが、あれを目にしてしまったら、ちょっと無理でしょう。

近くに同じような首吊りがないか、これは注意する必要があります。いや、首吊りだけじゃありません。自殺者の死体がないか、よく周囲を確かめてから場所を決めるつもりです。

別に先人を嫌うわけではありませんが、やっぱり近くにあると思うと、あまり良い気持ちはしません。

（しばらく無言のまま歩き続ける）

随分と奥に入ったような気がします。

（立ち止まった様子）

辺りの雰囲気も、かなり変わりました。ようやく樹海らしい感じになったかもしれません。

さすがに気味が悪いです。

（周囲を見回している気配）

ここら辺で、良い場所があるといいのですが……。

あっ、霧が出てきました。あれが濃くならないうちに、最期の地を見つけられるでしょうか。

霧がすべてを覆ってしまえば、まぁ何処でも同じかもしれませんが……。

それにしても――わっ！

（身動《みじろ》ぎもせず固まっている様子）

……び、びっくりしました。

（息遣いが荒くなる）

い、いえ、そんなこと……。

（数秒の沈黙）

お独りですか。

(数秒の沈黙)

わ、私も、ちょっと樹海の奥が見たくなって……。

(誰かと喋っているような台詞《せりふ》が続くものの、C以外の声は聞き取れない)

それじゃ、失礼します。

(速足で歩き出す。しばらく沈黙が続くも、何度も後ろを振り返っているらしい)

まさか人に会うとはなぁ……。

しかも、あんな綺麗な女の人に……。
二十三、四かな？　いや、もう少しいってるかもな。
……ひょっとしてあの女性も、私と同じ目的でここにいるのでしょうか。若くて美人で、まだまだ人生これからなのに……。

でも、他人のことなんて分かりませんよね。そういう私も、もっと年配の人から言わせれば、まだまだ人生これからだってことになるでしょうから。

いずれにしろ最期に、あんな美女と話ができて良かったです。

(しばらく無言のまま歩き続ける)

霧が濃くなってきました。いつの間にか、すっかり服が濡《ぬ》れています。

これであの人とも、もうかなり離れたはずです。どうか無事に戻って下さい。余計なお世話だと思いますが、彼女が無事に家まで帰れますように……。

さて。

(大きく息を吐く)

そろそろ場所を決めましょう。

理想は横になれるくらいの平地があり、その周囲を覆うように樹木や藪が生い茂っているところですが……そう上手くあるかどうか。

この霧が厄介です。こう濃いと、数メートル先が見えません。仮に良い場所を見つけられても、ほんの二、三メートル先に実は遊歩道があった、なんてことは避けたいですからね。

(立ち止まって鞄を開け、ペットボトルの水を飲んでいる)

……はぁ。とても喉が渇いていたようです。水は睡眠薬のために買ったのに、危うく一気に飲んでしまうところでした。もう一本か二本、こんなことなら買っておけば良かったです。

(ゆっくりと歩き出す)

あの辺りでいいかな。

ちょっと開けた平地がありました。贅沢を言っても仕方が……えっ？

(立ち止まったあと、数秒の沈黙)

どうして……？　先回り……。いや、無理だろ……。

（数秒の沈黙）

……さ、先ほどはどうも。

（数秒の沈黙）

そうなんですか。

（数秒の沈黙）

ええ、ええ。

（再び誰かと喋っている様子だが、いくら耳をすましてもC以外の声はまったく聞き取れない）

……はぁ。別に構いませんが……。

（数秒の沈黙）

そっち……ですか。

（歩き出す）

（ここから急に雑音が入るようになる。時折Cは喋っているのだが、はっきりと聞き取ることができない）

…………ここ……。

…………ひとり…………。

なにを…………………………。

…………あなたも………………。

（喋っているのはCだけではないような気もするが不明）

……………いや……。

………………らくに…………。

……いや……………。

……………もどれ…………………。

……………やめ…………いや……。

……………………。

………。

かえれませんよ。

（女性らしい声が微かに聞こえて、まだ残量があるのにテープが唐突に切れる）」

追記　Cの希望とは裏腹に、彼の遺体は先述した通り四年後に発見された。自殺と思われるものの死因は不明である。

僕はサンプル原稿を読み終えるや否や、吉柳吉彦の事務所兼住居に電話をした。だが、呼び出し音が鳴り続けるばかりで一向に出ない。彼の携帯にかけると、「電源が入っていないか、電波の届かないところにいるか」というお馴染《なじみ》の音声が流れた。その日のうちに五回も電話したが、彼を捕まえることはできなかった。

翌日、午前中も電話をし続けたが、やっぱり出ない。僕は彼の名刺にあった荻窪《おぎくぼ》の事務所兼住居を、午後から訪ねることにした。

ところが、吉柳はいなかった。集合住宅の部屋の扉の郵便受けには、三日分の新聞が溜《た》まっている。つまり彼は、僕に原稿を送ると同時に出掛けたらしい。

盆の帰省かとも考えたが、とても厭な予感がした。サンプル原稿を読んでいる間に、かなり昔に目を通した週刊誌の記事を思い出したからだ。

それは自殺の実況テープを取り上げた記事だった。借金苦から妻と娘を殺して数日間の逃避行を続けた男が、とあるホテルで首を吊って絶命するまでの様子を録音して残していたのだ。

テープの内容も衝撃的だったが、それよりも印象深かったのは、そのテープを聞いて精神状態が変になる人も出た、という編集者側の裏話だった。記事を読んだ僕は、それはそうだろうと思った覚えがある。

ところが吉柳は、そういうテープばかりを何本も耳にしたわけだ。しかも、きっと立て続けに聞いたに違いない。そのうえサンプルとして原稿に起こした三本は、明らかに可怪《おか》しかった。単なる自殺の実況テープでは収まらない、どうにも不可解な内容のものばかりだった。

いったいあれらは何なのか……。

吉柳にはメールも出したが、返信は一度もなかった。一週間ほど毎日のように電話をかけたが、虚《むな》しく呼び出し音が鳴るばかりである。とても気になったが、そのうち他の企画の忙しさにかまけて、彼にばかり構っていられなくなった。

久し振りに電話して、その番号が現在はもう使われていないと知ったのは、一月《ひとつき》半ほど経ったころである。

島村菜津に連絡をすると、彼とは長いこと会っていないという。引っ越しの話は特に聞いておらず、実家が何処かも知らないらしい。彼と付き合いのある編集者を当たってみると言ったが、期待はしないでと釘《くぎ》を刺された。

それからさらに一月半ほどが過ぎたころ、編集部に僕宛ての封書が届いた。差し出し人の名前はなく、封筒の消印も濡れたせいか滲《にじ》んで読めない。

開けてみると、カセットテープが出てきた。あとは何も入っていない。ただ一本のテープが封入されていただけだった。

吉柳吉彦……。

とっさに彼の名前が浮かんだ。だから僕はテープを聞かずに、そのまま封筒へ戻そうとした。

でも、少しだけなら……という好奇心がむくむくと頭を擡《もた》げた。最後まで回さなければ……という言い訳が脳裏を過《よぎ》った。

しばらく迷いに迷った末に、数年前まで使っていたラジオカセットレコーダーをロッカーから取り出すと、テープをセットしてイヤホンを耳に入れてから、僕は再生ボタンを押した。

「……とある廃墟《はいきょ》に来ている。ここが何処かは、追々この語りの中で明らかにしていく。

（コンクリートの床の屋内を移動しているような様子）

今は、ある建物の中にいる。廃屋の割に窓硝子《ガラス》が結構残っているのは、ここがあまり知られていない証拠だろう。

硝子越しに射《さ》し込む強い西日が暑く、室内はむっとしているのに、なぜか薄ら寒さを覚える。

こんな不便で不吉なところに、どうして俺はやって来たのか。その理由を君が知れば、さぞかし――」

ここで僕は、急いでテープを止めた。「君」とは僕に違いないと察したせいだが、それだけが理由ではない。

テープのはじまりから、微かだが妙な音が聞こえていた。喋っている彼の背後で、ざわざわと何かが囁《ささや》いているような気配がある。その正体が、雨音ではないかと悟ったのと、彼が僕に呼びかけたのとが、ほぼ同時だった。だから慌てて停止ボタンを押した。ラジカセからテープを取り出して封筒に戻し、そのまま資料用キャビネットの奥に仕舞い込んだ。

このテープの存在を、僕は意図的に忘れるように努めた。その甲斐《かい》あって、そのうち幸いにも頭の中から消えていった。思い出したのは、年末の大掃除のときである。不要な資料を捨てるためにキャビネットの整理をしていると、ある段の書類が少し湿っているのに気づいた。

水気がないキャビネットの中なのに、と不審に思って全部の資料を取り出してみると、濡れたために変色したらしい封筒が奥から現れ、とたんに彼を思い出した。

恐る恐る封筒の中を覗《のぞ》くと、黴《かび》の生えたテープがあった。

僕は粗塩を買いに行き、テープに満遍なく振りかけて再び封筒に戻し、それを新聞紙で包み、ビニールに入れたあと、さらに別の封筒に入れてガムテープで留めると、ゴミ箱に捨てた。

その後、折に触れ業界内で吉柳吉彦の消息を訊いているが、未《いま》だに知っている人には出会えていない。

留守番の夜

他人の家の留守番をする。

そんな体験をした者は、もう昨今ではほとんどいないのかもしれない。昔に比べると人間関係が希薄になり、そういった頼み事が難しくなっている。そのうえ扉や窓の施錠は強固になり、個人宅でもセキュリティシステムは簡単に導入できる。現代の日本で留守番という役目は、とっくに滅びているのではないだろうか。

もっとも欧米は別かもしれない。ベビーシッターの伝統があるからだ。この場合のベビーとは赤ん坊だけを指すのではなく、幼児から小学生までの子供を含んでいる。両親が用事で出かけて帰宅が深夜になるため、高校生や大学生を一時的に雇い、親が帰るまでの子守りを任せるのが、いわゆるベビーシッターである。

親側からすれば賃金が安くてすみ、高校生や大学生にとっては良いアルバイトになる。子供の相手は大変だが、年齢が低ければ就寝時間も早い。とにかくベッドに入れさえすれば、あとは自由時間である。手間のかからない子供に当たれば、これほど楽なアルバイトもないだろう。

そのためベビーシッターの中には、さっさと子供を寝かせてしまうと、こっそり彼氏や彼女を家に呼び寄せて——という不届き者も出てくる。雇い主にばれさえしなければ、何をやっても自由だと勘違いする輩《やから》は、洋の東西を問わずいるものだ。もちろん見つかれば叩《たた》き出されるし、アルバイト料も貰《もら》えない懼《おそ》れがある。何より悪い評判が広まって、ベビーシッターの口がかかることは二度とない。それでもやってしまうのが、十代なのかもしれない。

この設定を活《い》かしたホラー映画がいくつかある。内容は様々だが、基本的な部分はさほど変わらない。

殺人鬼や化物などの恐るべき脅威が、主人公の学生と子供たちの居る家に迫りつつある。だが、主人公は後ろめたいことをしている罪悪感から、少しくらい妙な出来事が起きても、すぐ親や警察に連絡しようとしない。家の外で不審な物音がしても、忍んできた彼氏や彼女だと考えてしまう。つまり危険の察知が致命的なほど遅れる必然性が、ベビーシッター物にはあるわけだ。

やがて主人公は、ようやく迫りくる恐怖に気づく。しかし、さっさと自分だけ逃げ出すわけにはいかない。二階で寝ている子供たちを助けなければならないからだ。自分よりも弱い存在を守らなければ……という主人公側の足枷《あしかせ》が、何と言ってもサスペンスを高める。

この手の作品の嚆矢《こうし》が、ジョン・カーペンター監督の「ハロウィン」(一九七八)である。本作が素晴らしいのは、ベビーシッターの設定にハロウィンという舞台を加えた点だろう。そのお蔭《かげ》で無気味な白いマスクの殺人鬼、マイケル・マイヤーズが誕生した。このセンスはまったく見習いたい。本作のあと物語が枝分かれした二方向の続編シリーズと、リメイクの正続編が作られるなど、今なお高い人気を誇っている。

――などと書いてきたが、これから紹介するのが、ベビーシッターのお話というわけではない。言うなれば日本的な留守番と西洋的なベビーシッターが合わさった、そんなアルバイトを体験した学生の話である。それも、かなり気味の悪い……。

まだ僕が会社勤めをしていた十数年前のこと。ある日、数人の後輩たちと飲みながら、学生時代のアルバイト体験の話で盛り上がった。大変だけど笑えるバイト、実入りは良いけど悲惨なバイト、役得のある美味《おい》しいバイトなど、色々なバイトの話が続いたあとで、ひとりの後輩が大学の文芸部でいっしょだった、ある女の先輩の無気味な体験談を話し出した。

以下に記すのが、当の後輩が学生時代に、その先輩――霜月麻衣子《しもつきまいこ》としておく――から聞かされた体験談である。本人に取材したわけではないため不明な点も多いが、鞄《かばん》の中に入っていたMDで録音した後輩の話と、それを補足するために帰宅してから記録した当時のノートの記述に基づき、できる限りの再現をしてお届けしたいと思う。

＊

「泊まり込みだけど仕事はとても楽チンで、そのうえ割のいいバイトがあるって言ったら、あなた、興味ある？」

大学のクラブのOGから、そんな誘いを霜月麻衣子が受けたのは、もう数日で五月の連休を迎えるという時期だった。

彼女は入学と同時に、文芸部に入部した。もっとも先輩たちの大半はミステリが好きで、あとはSFと冒険小説の愛読者が少しだけ在籍している、そういう文芸部である。入部から数週間が過ぎ、ようやくクラブ活動にも慣れてきた。読書の趣味が合う先輩がいて、同期生の友達もでき、彼女の学生生活は順風満帆の滑り出しだった。

そのためクラブ活動が終わったあと、ちょっと顔を出したというロングヘアが綺麗《きれい》なOGに話しかけられたとき、

「はい、あります」

引っ込み思案な性格の麻衣子には珍しく、とっさに返事をしていた。

「ほんと、助かったわぁ」

すると女性は、まるで彼女がもう引き受けでもしたかのように喜びながら、「私は小《お》田切《だぎり》よ」と唐突に名乗った。

「詳しい話をしましょう」

それから戸惑う彼女を学食に誘い、「奢《おご》るわよ」と言って缶珈琲《かんコーヒー》を二本買うと、さっさと隅の席に座ってしまった。

「あの、どうして私に？」

このままでは相手の話を一方的に聞かされるだけだと思い、恐る恐る麻衣子が尋ねたところ、

「あなた、すらっとしているから、とっさに目立ったのね」

長身で手足が長いこと、それが麻衣子のコンプレックスだったのに、ずばっと小田切に言われて少し傷ついた。でも、そのお蔭で美味しいアルバイトを紹介してもらえるのなら、それも良いかと思うことにした。

「もちろん、当てにしていた人の都合が急に悪くなったのが、こうして母校まで来た理由だけどね」

そこで小田切が古巣の文芸部を覗《のぞ》いたところ、ちょうど新入生がいた。その中でも適任そうな麻衣子に声をかけた。そういうことらしい。

確かに彼女には、連休中の予定が何もなかった。東京の大学へ進学するにあたり、両

親と喧嘩《けんか》して実家を出てきたため、しばらくは帰省も考えられない。幸い仕送りはあるので安堵《あんど》しているが、そのうち止められるのではないか、という懼れを抱いている。だから割の良いアルバイトは大歓迎だった。とはいえ自分が適任だと言われると、とたんに不安を覚えた。

「そのバイトに私が合ってる、とおっしゃるんですか」

半ば警戒する麻衣子に、小田切は長い髪をかきあげながら真剣な口調で、

「仕事が楽なのは間違いないし、そういう意味では誰にでもできると思うの。でも、だからこそいい加減な人には頼めない。ちゃんと責任感があって、根が真面目な人でないと、安心して任せられないのよ」

「何だか大変そうですけど……」

思わず彼女が尻込みすると、小田切は満面に笑みを浮かべながら、

「ううん、とても簡単よ。ある家で一晩だけ、留守番をすればいいんだから」

「お子さんといっしょにですか」

このとき麻衣子の頭に浮かんだのが、映画「ハロウィン」だった。

「子供はいないわ。年寄りがひとりいるけど、世話をする必要はまったくないの。ただ、ひとりで留守番をさせるには不安があるから、それで第三者に泊まって欲しいというのが、先方の希望なの」

「その方は……」

「ああ、私と同じでクラブのOBよ。私が一年生のとき、すでにOBだったわ。私も別のOGから紹介されてね」

小田切の話をまとめると次のようになる。

そのOBは大学を卒業して某有名企業に就職したが、数年後に資産家の娘と知り合い退社し、婿養子となった。それから妻の実家が経営する企業のグループ会社に入ったが、どんな仕事をしているのか、小田切も知らないらしい。

知らないと言えば、妻の両親は健在なのか、宗教法人と学校法人を持つという彼女の実家の事業の実態は何なのか、ほとんど分からないことだらけだという。

確かなのは、OB夫婦が横浜の啄器山《たたきやま》の豪邸に住んでいること。とても広い家なのに、同居人は妻の伯母ひとりであること。それだけである。

「あくまでも想像だけど――」

小田切が意味深長な口調で、

「その伯母って人が実は一族の長で、すべての事業を陰で仕切っているのも、本当は彼女なのかもしれないわ」

そんな解釈を最後に付け加えた。だが、いったい何を言いたかったのか、いまひとつ理解できないままだった。

　それでも麻衣子は、この一風変わった留守番のアルバイトを引き受けることにした。伯母の世話は何もする必要がなく、家の戸締りにさえ注意すれば、あとは就寝するまでテレビを観《み》ても、本を読んでも自由なうえに、バイト料が破格だったからだ。しかも豪邸に泊まれるのである。謎めいたOB夫婦のミステリアスさも、決してマイナスには感じなかった。むしろ彼女の興味を惹《ひ》いたくらいである。

「先方には私から連絡しとくから、あなたは当日の午後五時に、この住所の家を訪ねて欲しいの。くれぐれも遅れないようにね」

　小田切はそう言うと、「袴谷《はかまや》光史《みつのぶ》　雛子《ひなこ》」というOB夫婦の名前と住所と電話番号が記され、最寄り駅からの簡単な地図が描かれたメモ用紙を渡してきた。

　約束の日の午後、麻衣子は着替えと洗面用具と文庫本を鞄に詰めると、三時ごろにアパートを出た。

　横浜の豪邸というイメージから、港の見える丘の上に建っているものと勝手に想像したが、啄器山は完全に内陸に位置していた。しかも開発途上の新興住宅地らしく、巨大なマンションや豪奢《ごうしゃ》な新築の一戸建てが目立つばかりで、商店などは一軒も見当たらない。地下鉄が通るのも数年は先のため、最寄り駅の畳千彬《たたせんあき》から三十分も歩かなければならなかった。

　お金持ちなのに、どうしてこんなところに？

手描きの地図を頼りに、畳千彬駅から歩き出した麻衣子は首を傾《かし》げたが、すぐに環境の心地好《よ》さのせいだと合点《がてん》した。

元々は山林地帯だったのを切り開いて開発したのか、とにかく緑が多い。それも自然のまま残してあるだけでなく、要所ごとに公園や東屋《あずまや》やベンチが整備されており、それらを結ぶように遊歩道が通っている。完全に舗装されているのではなく、所々が土の道のままなのが、また何とも味わいがあって良い。昔ながらの野山の自然と人工的な施設とが、無理なく融合している点が非常に素晴らしかった。

まだ建造物が少ない新興住宅地は、得てして茫洋《ぼうよう》たる風景が広がり、寒々とした雰囲気が漂うものである。だが、ここは丘が多くて起伏に富んだ地形のせいで、まるで深山にいるような気分になる。にも拘《かかわ》らず、ふいに現れる小さな公園や東屋やベンチが、そんな感覚をたちまち退けてしまう。田舎と言っても間違いではない眺めなのに、妙に上品なのだ。幹線道路を車で走れば、また別な景色も目に入るのだろうが、少なくとも遊歩道を辿《たど》る限りはそうだった。

やっぱりお金持ちが住むところは違うわね。

改めて麻衣子は納得した。畳千彬駅の周辺は様々な商店の入ったビルが立ち並び、それなりに開けている。車だと啄器山から七、八分くらいで行けるに違いない。

ここを不便だと感じるのは、私のように移動を徒歩で考えるからだわ。

思わず彼女は苦笑した。実家がある田舎でも引っ越し先の東京の下町でも、今くらいの時間帯になると、夕食の買い物をするために籠を提げた主婦たちが、そろそろ目立ちはじめるころである。ほとんどの女性は歩くか、自転車に乗っている。車を使う者など、まずいない。

だが、ここでは遊歩道を徒歩や自転車で、畳千彬駅まで向かっている者など、ひとりも見当たらなかった。いや、そう言えば先ほどから、誰ともすれ違っていないことに、ふと麻衣子は気づいた。

とっさに後ろを振り向くが、やはり誰も歩いていない。どうやら畳千彬駅から啄器山へと歩き出したのは、彼女だけだったらしい。

子供は……。

遊んでいないのかと考えたが、ただでさえ少子化の世の中である。開発中の新興住宅地に、目につくほど子供がいるとも思えない。

第一ここは、ちょっと広過ぎるわ。

住宅街やマンションの前に、野山や公園があるのではなく、自然と人工物が同居した広大で起伏に富んだ緑地帯の中に、人間の住む建物が点在している。そのため時間帯によっては、日中でも人っ子ひとりいない淋《さび》しい場所ができてしまいそうである。

ううん。もしかしたら、ここは一日中こんな状態なのかも……。

仮にそうだとしたら、親も子供を遊ばせる気にはなれないだろう。とっさに子供が助けを求めて声をあげても、すぐに応えられる大人が、まったく辺りには見当たらないのだから。

そんな風に考えているうちに、なんだか麻衣子は少し怖くなってきた。見知らぬ土地の、綺麗に整備されながらも自然の残る野山の中を、たった独りで歩いている……という状況が、妙に薄気味悪く感じられ出した。

丘を覆う新緑の向こうには、豪奢なマンションが顔を覗かせ、立派な一戸建ての屋根も見えている。微《かす》かにだが車の走行音も聞こえてくる。だが、この場にいるのは彼女だけ……。

目の前の遊歩道は、くねくねと蛇行しながら樹木の中に消えている。そのため先を見通すことができず、どうにも不安になってくる。今日は朝から、どんよりとした曇り空だった。空一面に広がる濃い灰色が、なんとも気分を沈ませてくれる。おまけに風も出てきた。少し肌寒い。

ぶるっと身震いした麻衣子は、そのとき急に、後ろから人が来たような気配を覚え、思わず振り返った。

誰もいない……。

まったく人気《ひとけ》のない土の道が、ずっと延びているだけである。だが一度でも振り向いてしまうと、もう駄目だった。くるっと曲がった道の向こうから、ぬっと何かが姿を現して、今にも彼女を追いかけてくる。そんな気がして仕方がない。

ちらちらと後ろを見ながら、いつしか麻衣子は速足になっていた。とにかく一刻も早く、ここから抜け出したい。もうそれしか考えられなかった。

全身に軽く汗を掻《か》きはじめたころ、前方に小さな公園が見えてきた。思わずほっとしたが、そこで遊んでいたのが若い母親と幼児の二人だけだと分かると、逆に寂寥感《せきりょうかん》を覚えた。麻衣子に気づいた母親の眼差《まなざ》しが、ちょっと怯《おび》えたように映ったのが、腹立たしいよりも恐ろしかった。

公園の横を小走りで通り過ぎると、あとは全速で駆け出した。走りながらも後ろが気になる。でも、もう振り返る勇気などない。ここで振り向いて、もしも何かが自分のあとを追ってきていたら……と想像するだけで、彼女は震え上がった。

息も切れ切れになって、自然と走る速度が落ちたときである。前方の丘の上に、鬱蒼《うっそう》と茂った樹木の中から、にょっきりと立ち上がる尖塔《せんとう》が見えた。それは小田切に貰った地図に描かれていた、紛れもない袴谷邸の目印だった。

そこから麻衣子は丘を回り込むようにして、まるでホテルのような袴谷邸を見上げながら歩を進めた。緑地帯の中で覚えた得体の知れぬ恐怖は早くも薄れ、彼女の興味は完全に目の前の豪邸に向いていた。

袴谷邸の正面が仰げる地点まで来ると、そこから特徴的なアーチ状の門まで、車道と歩道と階段が延びている。最短ルートは階段だったが、全力疾走したあとである。膝への負担が少なくてすむ緩やかなスロープを描く歩道を、ゆっくりと麻衣子は辿ることにした。

見れば見るほど凄《すご》い家だわ。

外見だけで判断しても、十数人は暮らせそうである。しかし、実際に住んでいるのは袴谷夫婦と夫人の伯母の三人だけ。贅沢《ぜいたく》だと騒ぐレベルの話では、どうやらなさそうだった。

これって何様式なのかな?

建築に詳しくないので、よく分からなかったが、様々な時代の様式が交ざり合っている気がした。しかも、全体から受ける印象は洋館なのに、なぜか和風の匂いも感じられる。そのアンバランスさが、変に引っかかった。もちろん見栄えが悪いわけではない。良い意味で物凄く個性的な造りの邸宅である。にも拘らずしばらく見詰めていると、何《ど》処《こ》かが歪《ゆが》んでいるような気分を覚えはじめた。今にも目の前で家が、ぐにゃっと変形しそうに思えてくる。

衝動的に回れ右をして、来た道を引き返したくなったところで、ちょうど麻衣子は奇妙な門の前に着いてしまった。

このままインターホンを押さずに、そうっと帰れば……。

そう考えた瞬間、はっと彼女は顔を上げた。

見晴らし台らしき尖塔の横に、ぽっこりと二階の屋根から盛り上がるように、袴谷邸の三階が顔を出している。その窓のカーテンに、人影が映っていた。三階の部屋から、誰かが彼女を見下ろしているらしい。

あれは、伯母さん？

そう思うと同時にインターホンを押して、麻衣子は名乗っていた。

門を潜《くぐ》ったあとも、似たアーチが玄関まで続いている。通り抜けるたびに、その形状に既視感を覚えるのだが、それが何なのか一向に思い当たらない。連続するアーチの左右には、春の花々が咲き誇る見事な庭園があった。でも彼女の視線は、ずっと三階の人影へ向けられたままだった。いや、目を逸《そ》らせたくてもできなかった、というべきだろうか。

「よく来たね」

玄関で麻衣子を出迎えたのは、光史だった。三十代半ばの中肉中背の男性で、目立つほどの特徴がないことに、ちょっと彼女は驚いた。人間は見た目ではないと思うが、資産家のお嬢様を射止めた男というイメージに、光史は少しも当て嵌《は》まらない。

「畳千彬駅から歩いてきたの？」

廊下を奥へと進みながら光史に訊《き》かれたので、「そうです」と答えると、彼は覗き込むような仕草で、

「遊歩道はどうだった？」

妙に意味ありげに尋ねてきた。

ちなみに廊下にも、門と似た形のアーチの装飾が施されている。そのため彼女たちは、自然とその下を潜る格好になった。

「とても綺麗でした」

彼女が無難に応じると、なおも彼は顔を覗き込むようにして、

「物淋しい雰囲気があったでしょ」

「独りで歩いていると、ちょっと怖いような……」

それで麻衣子も、つい本音を口にしてしまった。とたんに光史は、我が意を得たりと言わんばかりの表情で、

「実は去年の秋、あの遊歩道の近くの公園で、バラバラ死体が見つかってね」

「……えっ」

予想外の展開に、麻衣子は言葉を失った。だが光史は、そのまま内緒話をするかのように、

「バラバラと言っても、切断されていたのは両腕だけだった。ただ、両脚を広げて寝か

された死体の腹の上に、その二本の腕を横にして載せてあったらしい」

その異様な死体遺棄の光景が、麻衣子の脳裏にぱっと浮かんだ。

「死体が発見された前日の夜は、台風が来ていた。その物凄い風雨の中を、大きなスーツケースを引きずって公園の方へと歩いて行く、雨合羽を着た不審な人物が、実は目撃されている」

「それって、犯人ですか」

「恐らくそうだろう。スーツケースに入らなかったので、両腕を切り落としたのかもしれない。でも頭部はあったので、被害者の身元は判明した。しかし、未《いま》だに犯人は捕まっていない。君は駅の構内で見かけなかったかな」

光史によると、目撃者の証言に基づいて描かれた犯人の簡単なイラストと、現場に残されたスーツケースの特徴を記した警察の看板が、畳千彬駅に設置されているらしい。

「もっとも台風の夜に、車の中から目撃しただけだから、犯人のイラストと言っても、ほとんど役に立たない代物だよ」

あの遊歩道で覚えた無気味な気配は、その公園の事件と関係あるのだろうか……と恐ろしい想像をしかけて、慌てて麻衣子は首を振った。

それにしても、いきなりこんな話をするなんて、この人は大学のクラブでも、きっとホラーが担当だったに違いない。

そう彼女が見立てているうちに、応接間に通された。ソファに座り、なおもバラバラ殺人事件の話をしていると、紅茶のセットをワゴンに載せて、三十前後の女性が入ってきた。

「こんにちは。妻の雛子です」

麻衣子は急いで立ち上がって挨拶をしながら、綺麗な人だなと驚いた。平々凡々とした容姿の光史には、どう見ても勿体《もったい》ない相手である。

ただ、大変な美人だという第一印象が過ぎ、目の前に腰を下ろした雛子を改めて眺めているうちに、どうも麻衣子は変な気分になり出した。

確かに雛子の容姿は整っていた。髪の毛、額、眉、睫毛《まつげ》、目元、鼻筋、頰、両耳、唇、顎、首筋と見ていっても、まったく文句のつけどころがない。でも全体を目にしていると、なぜか違和感を覚えてしまう。

歪《いびつ》な……。

ふと、そんな言葉が浮かんだ。この袴谷邸を望んだときに陥った、あの感覚に似たものを、なぜか雛子にも感じるのだ。

整形してるのかな？

それなら説明はつく。しかし麻衣子の本能は、そうではないと告げていた。では、いったい何なのか。だが、いくら雛子を見つめても分からない。

紅茶を淹《い》れて少しだけ話をすると、「まだ準備があるので」と断って、雛子が席を外した。

「ご夫婦で、どちらかへ行かれるんですか」

てっきり旅行だと思って訊くと、意外にも光史は「仕事です」と答えた。しかも二人の用向きは別々らしい。

「こうやって二人とも、一度に出かけることは、あまりなくてね」

それで留守番をできる人を探していたのだと、ようやく本題に入った。

「話は聞いてると思うけど、この家には妻の伯母も住んでいる」

「はい。そう伺ってます」

「僕が妻と結婚する前、まだ付き合っていたころから、この伯母さんには大変お世話になった。今の仕事に就けたのも、伯母さんの口添えがあったからだし、今までやってこられたのも、色々と伯母さんがアドバイスをして下さったからだ。だから僕も、伯母さんのことは大事にしている。それは妻と同じなんだけど……」

そこで光史は、いったん言葉を切ってから、とても言い難《にく》そうな様子で、

「ただ、妻の場合はそれが、ちょっと度を超しているんだよ」

どう応えて良いのか分からず、麻衣子が困っていると、

「伯母さんを大切に思っている、という次元じゃない。言うなれば崇拝しているという

か、まさに崇《あが》め奉っているような状態でね」

このとき麻衣子は、小田切が口にした台詞《せりふ》——伯母が実は一族の長で、すべての事業を陰で仕切っているのではないか——を思い出した。

「いくら二人とも家を空けるからって、小さな子供じゃあるまいし、まして身体《からだ》の不自由なお年寄りってわけでもないんだから、わざわざ留守番を置くこともないんじゃないかと、僕は思うんだよ」

何やら雲行きが怪しくなってきたので、麻衣子は黙っていることにした。

「それよりも安易に他人を家に入れることのほうが——あっ、いや、別に君がどうこうっていう意味じゃないよ」

光史は顔の前で片手を振ると、

「留守番を頼むのが、どれほど信用できる人物でも、伯母にとって、見知らぬ人が家の中にいることのほうが、実は負担じゃないかって、僕は思うんだ」

「そういうことは、確かにあるかもしれませんね」

麻衣子は無難に応じただけだったが、まるで賛同者が現れでもしたかのように、光史は喜びも露《あらわ》に続けた。

「だから君には変に聞こえるだろうけど、伯母には関わらないようにして欲しい。いや、何も難しいことじゃない。伯母は三階に住んでいて、滅多に下りてこないからね」

あの窓辺の人影は、やはり伯母さんだったのだ、と麻衣子は思った。

「三階にはキッチンから冷蔵庫、バスにトイレまで、生活に必要なものは何でもそろってる。そういった設備面に関しては、普通の独身者の部屋より、おそらく充実してるんじゃないかな」

表から見上げたとき、それほど広い部屋には映らなかったが、きっと実際は違うのだろう。

「とにかく君は、三階にさえ上がらなければ、あとは家の中を自由に歩き回って構わないし、使用したいものがあれば、遠慮せずに使ってくれて構わない」

「もしもですけど、伯母さんが下りてこられたら……」

「まずないと思うけど、そのときは顔を合わさないようにしてくれるかな。映画は好き？　シアタールームがあるから、そこなら絶対に伯母も入ってこない。まぁ君が三階に行かない限り、大丈夫だろう」

「分かりました。決して三階には上がりません」

そう約束してから、ふと麻衣子はあの尖塔が気になったので尋ねると、

「ああ、あそこは上ってくれて構わない。伯母の部屋の側《そば》に階段があるから、そこを通るときだけ静かにしてくれれば、別に問題はない。この辺りは夜になると真っ暗だけど、賀来沢《かきさわ》の方面はマンション群の夜景が綺麗だからね」

それから光史は、シアタールームと図書室に麻衣子を連れて行った。

前者は壁に嵌め込まれた巨大なテレビ画面にも仰天したが、三方の壁を埋め尽くすビデオのコレクションには度肝を抜かれた。ざっと見ただけでも、その多くがミステリとホラー映画だと分かる。それは後者でも同じで、書棚を埋めているのはミステリとホラー小説ばかりだった。

図書室でピーター・ストラウブ『ジュリアの館』と、その映画化作品「ジュリア　幽霊と遊ぶ女」の話を彼がしていると、雛子が顔を出した。

「あなた、準備は大丈夫なの？」

「いや、まだ途中だった。彼女のお相手を頼むよ」

慌てて出て行く光史を見送ると、雛子は図書室にある読書用のソファへ、さり気なく麻衣子を誘ってから、

「伯母のことで、お話があります」

改まった口調で切り出した。きっと光史と同じような注意を聞かされるに違いない、と麻衣子が思っていると、

「お教えするべきかどうか、かなり迷ったのですが……。もし万一、火事でも起こって、それで取り返しのつかない事態にでもなれば……と考えているうちに、これは打ち明けておいたほうが良いと、私なりに判断しました」

そんな断りを入れたうえで、雛子はとんでもないことを話しはじめた。

「実は、伯母なんですが、すでに亡くなっております」

「はっ？」

相手が何を言っているのか、まったく理解できなかった。一瞬この人は大丈夫なのだろうか、と麻衣子は本気で心配してしまった。

しかし、そんな彼女の反応に動じることなく、雛子は真《ま》っ直《す》ぐな眼差しを向けたまま、噛《か》んで含めるような口調で、

「伯母が亡くなったのは、昨年の夏の終わりでした。病気がちだったところに、暑さが応えたようで、ちょっと風邪をひいたなと思ったら、あっという間に逝ってしまいました」

「お葬式は、出されたんですよね」

莫迦《ばか》なことを訊いているなと思ったが、思わず麻衣子は確認した。

「ええ、身内だけでしたが。ですから、お墓もちゃんとあります」

つまり伯母が死んでいるのは事実で、その確認も容易にできるのだということを、彼女は言いたいらしい。

「で、でも……」

「そうなんです。夫にとって伯母は、まだ生きているのです。正確には、彼女の死を認

めたくない、ということになりますか。私と付き合った方で、彼ほど伯母に気に入られた男性はおりませんでした。結婚する前もそうですし、袴谷姓になってからは、さらに可愛《かわい》がられました」

「それで旦那さんは、伯母さんが亡くなった辛《つら》い事実を、なかなか受け入れられなかった……ということでしょうか」

雛子が頷《うなず》くのを見て、麻衣子はもっと突っ込んで訊きたくなった。

彼は伯母が存命だと思う振りをしているだけなのか、それとも本当に生きていると信じているのか……。

だが、怖くて尋ねられない。もしも後者だった場合、かなり精神的に危ないのではないかと感じたからだ。

「これ以上、事情を打ち明けている時間がありません」

雛子は図書室の扉に、ちらっと視線を向けてから、

「とにかく彼に話を合わせて下さい。もっとも何もする必要はありません。彼は伯母に構うなと言ったはずですから、その通りにしていただければ良いのです。実際に伯母が亡くなってから、私も彼も伯母の部屋に入っておりません。そのままにしてあります。ですからあなたも、この家で一晩、映画を観るなり、読書をするなり、好きなことをして過ごして下されば――」

そこへ光史が戻ってきた。あとは一階のキッチンとダイニング、そして二階のベッドルームを案内されて、麻衣子に対する説明は終わった。

ただ少し妙だったのは、階段の上り下りの際、やたらと光史が端を通ったことである。手摺《てす》りに摑《つか》まるためかもしれないが、それにしても端に寄っていた。そう考えると廊下でも、彼は端を歩いていたような気がする。癖だろうか。しかし、廊下の真ん中を通ったところもあった。場所によって違うのか。

彼女は首を傾げたが、そのうち雛子も同じようにしていることに気づき、とても変な気分になった。

「明日の昼前には二人とも帰宅するので、いっしょに昼食を摂《と》りましょう。そのときバイト料も渡すよ」

玄関まで二人を見送った麻衣子に、光史が声をかけた。

「よろしくお願いします」

雛子は微笑《ほほえ》みつつお辞儀をしたが、その眼差しには、伯母はいないのだから、気楽にしてちょうだいね……というメッセージが、明らかに籠められていた。

二人がそれぞれの車で出発すると、とたんに家の中が静まり返った。麻衣子しかいないのだから当たり前だが、この突然の静寂は、なんとも気持ち悪かった。

大学近くの安アパートで、彼女は独り暮らしをしている。それは常に何らかの物音が周囲から聞こえてくる生活だった。隣室や階上の住人が立てる音、往来を通る物売りの声、近所で遊ぶ子供たちの歓声など、夜も遅くならなければ静かになることはない。いや、深夜でさえ車の走行音が響いている。そういう意味では雑音が止《や》むことなど決してない、そういう環境だった。

ところが、袴谷邸は怖いくらいに寂《じゃく》としていた。しーん……という静けさを表す言葉が、まるで耳元で聞こえるような気がするほど、まったく何の物音もしない。外では、あーあーと鴉《からす》が鳴いている。それが屋内の物淋しさを一層引き立てているようで、どうにも嫌だった。おまけに薄暗い曇り空には、急速に夕闇が広がりはじめていた。もう数十分でこの家は、完全に夜の帳《とばり》に包まれてしまうだろう。

早めの夕飯にしよう。

麻衣子はキッチンへ行くと、冷蔵庫の冷凍室を開けた。そこにあるもので夕食はすませるようにと言われていたのだが、種類が豊富にあり過ぎてびっくりした。こんなものまで冷凍食品になっているのか、という食べ物もあって驚かされた。

もっとも冒険する気はないので、無難にピザを選び、電子レンジで調理する。その皿とオレンジジュースを入れたグラスを、ダイニングの食卓に敷いたランチョンマットの上に置き、いざ食べようとして、彼女は躊躇《ためら》った。家内の静けさが、改めて気になり出したからだ。もはや食事どころではない。

仕方なく場所をリビングに移すと、テレビを観ながら食べることにした。選んだのは普段なら絶対に視聴しないバラエティ番組である。だが、その莫迦莫迦しい内容が今は救いだった。賑《にぎ》やかであれば、とにかく何でも良かった。

しかし夕食がすみ、テレビだけに意識が向かうと、再び邸内の静寂が気になり出した。テレビ番組内で陽気さが増せば増すほど、麻衣子を取り巻く静けさが強調されていく。袴谷邸に重く下りた寂然《じゃくねん》を払拭するには、テレビのバラエティ番組の賑やかさは、まったく焼け石に水で、むしろ逆効果かもしれない。

かといってテレビを消す勇気は、彼女にはなかった。虚《むな》しい抵抗かもしれないが、今の彼女にできるのは、音量を上げるくらいである。

どんっ。

そのとき、上階から物音がした。まるで騒音の苦情を訴えるかのような、そんな物音が聞こえた。

でも家の中には今、麻衣子しかいない。雛子の伯母は亡くなっているのだから……。

家鳴《やな》りかな。

どれほど立派な邸宅でも、妙な音はするものである。だから昔の人は、家鳴りという妖怪のせいにした。麻衣子が小さいころに、そう田舎の祖母が教えてくれた。

にも拘らず彼女は、すぐにテレビを消した。どうしてかは自分でも分からない。あえて理由を探せば、再び変な物音を聞きたくなかったからだろうか。そうなると彼女が、先ほどの物音を抗議の印と受け取ったことになるのだが……。

麻衣子は持参したトマス・ハーディ『魔女の呪い』の文庫本を鞄から取り出すことなく、図書室へ向かった。アパートで荷造りをしていたとき、長篇《ちょうへん》を持って行くべきか迷った。だが、いくら伯母の世話をしなくて良いとはいえ、あまり読書に没頭するのも問題かと考え、短篇集を選んだのである。

しかし今となっては、一晩では読めないほどの大長篇に、我を忘れるくらい夢中になりたかった。そうやって時を過ごし、気がつけばもう夜中で、あとは眠るだけという状況になって欲しかった。もちろん怪奇小説ではない作品で。

彼女は図書室の本棚から面白そうな本格ミステリの長篇を見つけると、ソファに座って読みはじめた。この家の薄気味悪いほど静まり返った環境も、幸い読書には適していたようで、難なく作品世界に入り込むことができた。これだと、あっという間に時間が経《た》つに違いない。

ところが、小説にのめり込めばのめり込むほど、ふと現実に返ったときに覚える静寂感が、とても尋常ではなかった。無音の圧迫感とでもいうべきものが、ひしひしと迫ってくる。お話が魅力的で熱中している分、少しでも素に戻ると、もういけない。邸内に漂う寂寞《せきばく》とした空気が、肌に痛いほど感じられてしまう。

なんとか読み続けようとしたが、駄目だった。どれほどの傑作であっても、この環境で読み通すことは、どうやら至難の業らしい。

まだ夜は長いのに……。

麻衣子は途方に暮れた。本が読めないとなると、何をすれば良いのか。

あっ、映画鑑賞！

すぐにシアタールームの膨大なビデオコレクションが、彼女の脳裏に浮かんだ。能動的な読書よりも受動的なビデオ鑑賞のほうが、こういった場合は助けになるに違いない。

図書室を出てシアタールームへ向かっていると、

……すた、すた、すたっ。

まるで二階の廊下を誰かが歩いているような気配がした。

ただの家鳴りよ。

そう思おうとしたが、たいてい家鳴りというのは軋《きし》み音で、今のような物音は立たない。それは彼女も分かっていた。それでも無理に自分に言い聞かせ、シアタールームへ急いだ。

飛び込むように部屋に入ると、さっそく壁を塞ぐように広がるビデオの棚を見はじめたが、恐ろしそうなタイトルの連続に、早くも彼女は後悔し出した。

隣家とはかなり離れた郊外の大邸宅で、自分以外は誰もいないはずの夜に、わざわざ怖い映画を観るなど、まったくの自殺行為である。もしかすると普段なら、こういう状況を楽しめたかもしれない。けれど、明らかに今は違う。そんな余裕など微塵《みじん》もない。

そこで麻衣子は、ビデオジャケット裏の紹介文に目を通しながら、謎解きが主題となっているミステリ作品だけを選ぶことにした。観客の知的興味に訴える内容であれば、この環境でも鑑賞できるだろう。

まず一九五九年の仏映画「自殺への契約書」を、次いで一九七三年の米映画「シーラ号の謎」を観た。途中、キッチンへジュースを取りに行っただけで、あとは映画鑑賞に専念する。お蔭で二作品を鑑賞し終わると、十一時過ぎだった。

三作目を観ようかと迷い、ちょっと疲れていることに彼女は気づいた。あとはシャワーを浴び、もう休んだほうが良さそうである。

浴室は広くて綺麗で、風呂に湯を張らなかったことを、麻衣子は少し悔やんだ。これほど贅を尽くした湯船に浸《つ》かる機会など、そうそうあるとは思えない。シャワーだけですませるのは、もったいなかったかもしれない。

浴室から出て身体をふき、持参したパジャマに着替え、彼女がキッチンへと向かっていたときである。

ぱたん。

階上から扉が閉まったような物音がした。まるで誰かが、彼女が浴室に入っているのを確かめるために出てきて、ちょうど今、部屋に戻ったかのように。

まさか……。

一瞬その場で固まってから、慌ててキッチンへと向かう。冷蔵庫から冷えた水を取り出し、コップ一杯分を一気に飲む。

ほっと一息吐《つ》いたのも束《つか》の間《ま》、麻衣子は天井を見上げたあと、たった今まで放棄していた問題について、ようやく考えはじめた。

そもそも伯母さんは生きているのか、それとも死んでいるのか……。

光史の説明が正しいのか、雛子の否定が事実なのか……。

とはいえ雛子は、葬儀も出して、墓もあると言っていた。どちらも調べれば分かることである。すぐにばれる嘘《うそ》を、わざわざ吐くだろうか。

火事でも起こって云々《うんぬん》という彼女の台詞は、万一そんな事態になったとき、麻衣子が存在しない伯母を助けようとして逃げ遅れでもしたら大変だと、きっと心配したからに違いない。

やっぱり伯母さんはいなくて、物音も家鳴りに過ぎないのか。

そう改めて考えたが、この家を訪れた際に、三階の窓辺に佇《たたず》む人影を目にしたことを、ふと麻衣子は思い出した。

じゃあ、あれはいったい……？

伯母の死後、三階の部屋には誰も入っていない、と雛子は言っていた。では、あの人影は誰なのか。

伯母の葬儀や墓を確認するといっても、今の麻衣子には無理である。彼女にできるのは、三階の部屋を検《あらた》めることくらいだろう。

キッチンを出て階段を目指した麻衣子を、行くんじゃない。

心の声が引き止めた。しかし、このまま何事もなかったように眠ることなど、とてもできそうにない。彼女を突き動かしたのは好奇心ではなく、明らかに恐怖心だった。

光史に案内されたときは気づかなかったが、階段にも他と同じアーチの装飾が施されていた。それは二階の廊下も同様だった。どうやら門から家の中まで、それらは連続しているらしい。

二階の廊下を奥へ進んで、三階へと上がる階段の下まで来たところで、さすがに麻衣子は躊躇った。

伯母の存在の有無に拘らず、袴谷夫婦には三階には上がらないと約束した。この階段を上がってしまうと、二人の信頼を踏み躙《にじ》ることになる。これは留守を預かった者の、およそ取るべき行動ではないのではなかろうか。

根が真面目な麻衣子は、この葛藤に苦しんだ。だが、そこで妙案が浮かんだ。

あの塔に上ればいいんだ。

見晴らしの塔には出ても良いと、光史も許可してくれた。それには三階を通らなければならない。ちゃんと名目が立つではないか。

麻衣子は三階へ続く階段を、ゆっくりと一段ずつ上りはじめた。一階と二階は階段も廊下も室内も、すべての空間に明かりが点《とも》っていた。ただし、これから向かう三階は真っ暗である。

耳を澄ましながら、恐る恐る階段を上がる。階上から何か物音が聞こえたり、少しでも気配を感じたりすれば、すぐに回れ右をして駆け下りることができるように、用心して身構えながら進む。

やがて上半身が三階の暗がりへと入り、急に目が利かなくなった。思わず戻りかけたが、どうにか我慢する。少し目が慣れるのを待ってから残りの段を上がると、急いでスイッチを探して明かりをつけた。

階段から延びた三階の廊下に見えたのは、突き当たりにある重厚な扉と、その向かいの鉄製の階段、それに両側の壁と天井を覆う例のアーチの列だった。しかも扉の周囲には、門に匹敵するほどの立派なアーチが装飾されている。

その様を見て、あることに麻衣子は気づいた。一階と二階の廊下では、アーチのないところが存在したのに、三階の廊下と二つの階段には、それらが連続して作られている。

もしかすると一連のアーチは、門から三階の伯母の部屋まで、あたかも訪問者を導くように続いているのではないか。もしくは逆に、伯母の部屋から袴谷邸の外へと延びる道標《みちしるべ》のような役目が、これらにはあるのかもしれない。

いったい何のために……？

もちろん、どういう用途があるのか、まったく不明である。ただアーチそのものに、何か引っかかるものがあった。それを思い出したからといって、謎が解けるわけではないが、大事なことを失念している気がして仕方がない。

そんな風に考えているうちに、麻衣子は扉の前に立っていた。階下のどの部屋よりも豪奢な扉が、そこにはあった。

そっと表面に片耳を当てると、ひんやりとした感触が頬にも伝わり、ぶるっと身震いした。それでも我慢して聞き耳を立て、じっと室内の様子を窺《うかが》った。

……何の気配もしない。

やっぱり伯母さんはいなくて、物音は家鳴りに過ぎなかったのではないか。

扉のノブに手をかけて、彼女は躊躇った。この部屋を覗くのは、明らかにやり過ぎである。第一きっと鍵が閉められているはずだ。そう考えて手を引っ込めたが、次の瞬間、ノブを摑むと回していた。

ガチャガチャ。

やはり回らない。鍵がかけられている。残念に思うよりも、これでようやく安堵できると、麻衣子は喜んだ。

廊下を戻りかけて、せっかく三階まで来たのだから、塔に上ることにした。

鉄製の階段を辿り、踊り場で折り返して、目の前に現れた扉を開け、さらに上がると塔の見晴らし台だった。ぐるっと三百六十度、邸宅の周囲を眺められるようになっている。

光史が言っていた通り、北の賀来沢方面の夜景は見事だった。いく棟も林立する巨大マンションの窓の明かりが、澄んだ夜空を背景に煌《きら》めいている。他に高い建物がないため、よけい綺麗に見えている。

だが、それに比べて袴谷邸の周りは、ほとんど闇に沈んでいた。公園と遊歩道には街灯の光が点っているが、ぽつん、ぽつんと間を空けて立っているばかりで、あまりにも数が少ない。そのため夜の暗がりを払拭するというより、逆に際立たせてしまっており、眺めているだけで恐ろしくなってきた。

自分の置かれた状況を再認識して、寒々とした心持ちになった麻衣子は、さっさと二階の寝室で休もうと思った。

塔から階段を下り、扉を開けて踊り場に出る。そうして鉄製の階段に片足をかけたところで、はっと息を吞《の》んだ。

廊下の明かりが消えている……。

塔へ上がる前は、確かに点っていた。スイッチは彼女が入れたのであり、それを消した覚えはまったくない。それなのに今、三階は真っ暗だった。

外に出ていたため、幸い目は暗闇に慣れている。それでも足元に注意して、そっと階段を下りながら、麻衣子の視線はその扉から離れなかった。明かりの消えた原因が、三階の扉の内側にあるのではないか……と、とても不安だったからだ。

そうやって暗がりの中で扉を凝視しつつ、鉄製の階段を下っているうちに、彼女は有り得ない光景を目にしはじめた。

扉が少しずつ開いている……。

室内には明かりが点っているらしく、扉が開くにつれて細長い縦の光の筋が、次第に太くなっていく。と同時に逆光の中に、無気味な黒々とした人影が立っているのが見え出した。

ぼさぼさの長い髪の毛を垂らし、女性がパジャマの上に羽織るようなガウンらしきものを纏《まと》った人影が、少しずつ扉の陰から現れはじめた。

やがて扉が半分近く開き、人影が全身を露《あらわ》にしたところで、階段を下り切るまで残り三段という地点に、麻衣子は立っていた。

一瞬の間があった。一秒か、二秒にも満たない時間だったはずだ。だが、彼女には数分にも感じられた。それから突然、お互いが動いた。

麻衣子は三段目から跳び下りると、一目散に二階へ続く階段を目指した。その背後から、それが追いかけてきた。振り返らなくても、気配だけで充分だった。

段上に着くと、だっだっだっと転げ落ちるように階段を駆け下りる。実際、身体が前へとつんのめり、もう少しで頭から転落しそうになって、慌てて手摺りを摑む。どっと冷汗が出る。階段の下で、首を不自然な方向に捩《ね》じった自分の姿が脳裏を過《よぎ》り、ぞっと背筋が震えた。しかし、その一方で彼女は、瞬時に頭を目まぐるしく働かせてもいた。

いったいあれは何なのか。

どこへ逃げるべきか。

前者を思考する余裕はまったくなく、後者については図書室とシアタールームが、とっさに浮かんだ。どちらかに飛び込んで扉を施錠すればと思ったのだが、あれが鍵を持っていれば終わりである。伯母の部屋にいたからには、その可能性はやはり高いのではないか。

そのとき後ろから、どっどっどっどっと階段を駆け下りる足音が響き、頭の中が真っ白になった。残りの段を無事に下り切ることしか、もう考えられない。

二階の廊下に下り立つと、妙なアーチを辿って、一階へ続く階段を目指す。期せずしてアーチが道標になったわけだが、そのとたん麻衣子は悟った。

外へ逃げるしかない。

家の中では捕まる危険がある。そう考え直したが、荷物をどうするかで迷った。鞄はリビングに置いてある。脱いだ衣服は脱衣所の籠の中だ。でも、どちらも取りに行っている暇はない。家内を逃げ回りながら回収する手もあるか……と思ったが、だんだんだんっと追い上げてくる背後の足音を耳にしたとたん、荷物は諦めた。あれとの距離が、確実に縮まっている。

麻衣子が一階へ続く階段を駆け下りはじめると、すぐにあれの気配も後ろに迫ってきた。両者の間にあるのは、恐らく二、三段ほどではないか。

追いつかれる！

と怯えた瞬間、むんずと右肩を摑まれた。

「いやーっ」

悲鳴と共に振り払い、さらに速度を上げようとして、足が滑った。

がたがたがたがたっ。

尻と背中を打ちながら階段を落ちて行く。恐怖と痛みで絶叫したが、これで逃げ切れるかも、とピンチをチャンスに考えている彼女も一方にはいた。

しかし、階下まで落ちた麻衣子は、すぐには立ち上がれなかった。全身が痛い。だが愚図愚図していると、せっかく開いた距離が、あっという間に縮められてしまう。

焦る彼女に、どたどたどたっという物凄い音と共に、あれが降ってきた。どうやら同じように、足を滑らせたらしい。

慌てて身体を捻《ひね》って麻衣子が避《よ》けたところへ、あれが転がり落ちた。彼女とは違い、前転するような格好である。そのせいか、そのまま動かなくなってしまった。

はぁはぁはぁと荒い息を吐きつつ、麻衣子は目の前のそれから目が離せなかった。一刻も早くその場を離れたいはずなのに、それのことが気になる。今すぐ逃げるべきだと思うのに、どうしても動けない。

するとそれが、すうっと頭を上げた。顔の前面に被《かぶ》さった長い髪の毛の間から、爛々《らんらん》と輝く眼差しが覗き、じっと彼女を睨《にら》みつけている。

それと視線が合った瞬間、麻衣子の項《うなじ》が粟立《あわだ》った。ぞっとするや否や、彼女は立ち上がって逃げていた。どれほど酷《ひど》い身体の痛みも、やはり圧倒的な恐怖の前では軽減されるらしい。

だが後方でも同じように、あれが起き上がった気配がした。いったいあれを突き動かしているのは、どんな感情なのか。

ふらふらしながら、麻衣子は玄関を目指した。とにかくこの家から逃げ出す必要がある。それ以外のことは、あとで考えれば良い。

後ろから、すぐに乱れた足取りが追ってきた。でも、かなりダメージがあるように聞こえる。今が距離を一気に空けて、完全に逃げ切るチャンスだった。

ようやく玄関に辿り着き、靴を履いて扉を開けようとして、思わず彼女は絶望の悲鳴を上げた。

扉には二つの内鍵と、ドアガードがかけられている。この三つの施錠をしたのは、もちろん麻衣子である。袴谷夫婦が出かけてすぐ、彼女自身がかけたのだ。

はっとして振り返ると、あれが廊下の角から現れるところだった。

麻衣子は両手を使って、ほぼ同時に二つの内鍵を外した。それから右手をドアガードにかけたところで、あれが一気に飛びかかってくる気配を感じ、急いでガードを外して扉を開けた。そして外へ飛び出すや否や、力任せに扉を閉めた。

ごんっ——という鈍い音を背後に聞きながら、必死に門を走り抜けた彼女は、そこから階段を駆け下りると袴谷邸の敷地内から飛び出し、あとはひたすら畳千彬駅を目指して進んだ。

よろよろになりつつも、絶えず後ろに注意を払った。今にもあれが遊歩道を追いかけてくるのではないかと、もう気が気でなかった。

へとへとに疲れて倒れそうになったところで、やっと駅が見えてきた。人通りは少なかったが、誰もがパジャマ姿の彼女に好奇の目を向けてくる。

一台だけ停《と》まっていたタクシーに乗り込み、アパートまで行けばお金があるのでと話すと、少し躊躇《ちゅうちょ》しただけで運転手は車を出してくれた。事情を訊かれるかと覚悟したが、走行中も無言だったのは助かった。仮に尋ねられても、ちょっと答えようがなかったと思う。

相当な距離を走り、かなりの金額になったところで、ようやくアパートに着いた。郵便箱の扉の裏には、万一を考えて合鍵がテープで貼りつけてあった。扉は数字錠で守られているので安心である。

タクシー代を払って部屋に戻ると、麻衣子はベッドに倒れ込んだ。興奮して眠れなかったが、そのまま朝まで過ごし、翌日は部屋から一歩も出なかった。

さらに翌日、袴谷家から宅配便が届き、びっくりすると共に怖くなった。恐る恐る箱を開けてみると、なかには彼女の鞄と衣服、それに小田切から聞いていた額の十倍のアルバイト料が入っていた。

連休が明けて大学がはじまると、麻衣子はクラブの先輩たちに小田切のことを尋ねてみた。そこで分かったのだが、実は誰も彼女のことを知らなかったのである。小田切が数年前に卒業した部長の名前を口にしたので、彼女は自分以外の部員と面識があるのだろうと、先輩たちも思い込んでしまったらしい。それほど上手《うま》く小田切は、自分とは何の関係もない大学内で立ち回ったことになる。

この偽OGは先輩たちに、親元から遠く離れて独り暮らしをしている新入生がいないか、それとなく探りを入れたという。連休中に条件の良いバイトがあるのだが、予定していた人の都合が悪くなって、という説明と共に。ちなみに過去の名簿を調べた結果、光史は確かに文芸部のOBだと判明した。とはいえ分かったのは、それだけだった。結局あの夜の出来事を、麻衣子は誰にも話さなかった。荷物はすべて戻ってきて、高額のバイト料も受け取った。何より彼女自身が、もう思い出したくなかった。

それが蘇《よみがえ》ったのは、その年の夏休みに友達と某地方へ遊びに行き、とある神社に参ったときだった。そこで麻衣子は、ふっと閃《ひらめ》いた。

袴谷邸で目にした門と一連のアーチは、もしかすると鳥居だったのではないか。伯母の部屋と外部のどこかを繋《つな》ぐ役目が、あれらのアーチにはあったのではないか。だからこそ光史も雛子も、あのアーチがある階段と廊下では、いつも端を歩いた。なぜなら鳥居から続く神社の参道の真ん中は、神様が通る道筋だからである。昔、そう祖母が教えてくれた。

もちろん、この解釈が正しかったところで、何も分からないことに変わりはない。あれこれ考えるだけ無駄かもしれない。

でも、あの夜いったい自分に何が起こるはずだったのか……と想像するだけで、麻衣子は数ヵ月振りに怖くなった。そのときである。畳千彬の公園で発見されたという遺棄死体の意味が、ふいに理解できた気がした。

両脚を広げて寝かされた死体の腹の上に、切断された二本の腕が横に載せられている状態……。

この死体の下半身の形は、鳥居を表しているのではないだろうか。

ちなみに麻衣子は、長身で手足が長い……。

まったく動機は不明だが、犯人なら心当たりがあった。

ぼさぼさに乱れた鬘《かつら》の長毛の隙間から覗く、狂気的な輝きを帯びた光史の眼差しが、未だに麻衣子は忘れられなかった。すべては彼の仕業だったのではないか。

だが、それもよく考えると変なのだ。なぜなら彼女が門でインターホンを押してから玄関で光史に出迎えられるまで、三階の窓には人影がずっと見えていた。

では、あの人影はいったい……。

幕間（一）

時任美南海と次に会ったのは、二〇一三年九月の初旬である。もっとも彼女からは、その三ヵ月ほど前にメールを受け取っていると思う。なぜなら「小説すばる」同年八月号に、僕はコラム「特別料理」の原稿を書いているからだ。

二度目の用件も、「小説すばる」への怪奇短篇《たんぺん》の執筆依頼だった。ただし前回のようなホラー特集号ではなく、二〇一四年一月号の「新春人気作家豪華競演号」に書いて欲しいと言われた。決して「人気作家」ではない僕は、かなり面映《おもは》ゆい思いを抱きながらも、もちろん喜んで引き受けた。

そこから少し雑談したあと、

「早速で恐縮ですが、二作目の構想は何かおありですか」

そう時任に尋ねられ、とっさに前作から連想したのか、あるカセットテープとMDの存在を唐突に思い出した。

「実は編集者時代に、趣味で実話系の怪談を取材していたことがあって」

「はい、よく存じております。ご著書の中でも、その趣味については触れられていますよね」

「あっ、そうか」

「そのとき取材されたお話が、二作目の基になるのでしょうか」

彼女が興味津々の眼差《まなざ》しを向けてきたので、僕は慌てて片手を振りながら、

「いや、具体的な当てがあるわけじゃない。ただ、体験者から話を聞く際、できるだけ相手の許可を取って、カセットやMDに録音していたなって――」

と言っている最中に、いきなり時任が割り込んできた。

「そ、そのカセットやMDって、まだ残ってるんですか」

「えっ、うん……。実家にあるはずだけど……」

目の色が変わっている時任を、不安そうに眺めながら答えると、

「一作目が『死人のテープ起こし』というタイトルで、あの内容でした。それを考えると先生が今、怪談の録音されたカセットとMDの存在を、不意に思い出されたのも、何やら因縁めいて聞こえます」

「そうかな」

「はい。ですから次の作品も、録音された怪異を基にお書きいただく、ということでいかがでしょう。もちろん読者には分からない、言わば裏の縛りですが」

「つまりカセットとＭＤに記録された体験談から、二作目の題材を採るってことか」

「そうです」

「そんなに上手《うま》くいくかな。確かに数はあるけど、ほとんどが使えない話だと思うよ」

時任の熱心さとは裏腹に、僕は冷めた見方をした。

「当人にとっては戦慄の体験でも、第三者が聞いたら怖くも何ともない、というのがこの手の話では残念ながら多い。その中で小説のネタになる体験を見つけるのは、実はかなり難しいんだ」

「そんなものですか」

時任はがっかりした顔を見せたが、すぐに気を取り直した様子で、

「でも、せっかくの機会ですから、私がカセットとＭＤを聞いてみる、というのはどうですか」

びっくりするような提案をしてきた。

「原稿の締め切りまで、幸いまだ時間があります。そうですね、来週中にカセットとＭＤをお送り下されば、すべては無理でしょうが、ある程度は確認できると思います。そして私が聞いている間、先生には念のために二作目の構想を練っておいていただくのです」

「ネタになる話が見つからなかったときの保険か」

「これでしたら先生のお時間を、無駄にしてしまう心配もありません」

「しかし、あなたの手間が――」

「大丈夫です。これも編集者の仕事ですから」

真面目に応えたあと時任は、突然にんまり笑うと、

「それに正直に言いますと、個人的にとても興味があるんです」

「怪談が録音されたカセットとＭＤに？」

「はい。何と言っても体験者の生の声ですから。直接それを聞けるなんて、そんな経験、滅多にできませんよ」

このときの彼女の表情は、もはや編集者のそれではなかった。どう見ても一人の怪談好きの顔だった。

僕は少し迷ったが、決して悪い申し出ではないため、結局この提案を受けることにした。実家に連絡してカセットテープとＭＤを送ってもらい、それが再生できることを確かめてから、時任に送付した。その間、なぜか微《かす》かな不安を覚え続けた。でも、どうしてなのか分からない。

こんなことは止《や》めるべきじゃないのか。

ただ、そんな風に囁《ささや》く自分がいる気がした。しかし、その理由がまったく不明なため、次第に僕は苛立《いらだ》つようになった。時任との打ち合わせでは、こちらには何のリスクもな

いと思っていたのだが、とんだ誤算だったかもしれない。

この不安と苛立ちが治まったのは、時任から「面白い体験談が、いくつかありました」というメールを受け取ったときである。驚いたことに彼女は、体験者の話を文字に起こして、テキストデータとして添付していた。それを読んで僕は、ある話が怪奇短篇のネタに使えると即座に判断すると同時に、彼女の対応にとにかく感心した。

こうして書き上げたのが――新春号に相応《ふさわ》しい内容ではなかったが――「小説すばる」二〇一四年一月号に発表した「留守番の夜」である。

一回目と二回目の依頼の間が空いていたので、仮に三回目があってもまだ先だろうと思っていると、時任から連絡があって二〇一四年の五月下旬に会うことになった。前の二回とは違いイタリア料理店ではなく、場所は某ファミリーレストランだったと記憶している。依頼は同じく怪奇短篇の執筆だったが、今後は定期的に書いて欲しいと言われた。しかも彼女は連作短篇を希望した。つまり一篇ずつは独立した話でも、単行本にして通しで全短篇を読むと、すべてが繫《つな》がるような構成である。

もちろん嬉《うれ》しい申し出だったが、このとき僕は「メフィスト」に同じく怪奇短篇を、「ミステリマガジン」に『犯罪乱歩幻想』の連作短篇を執筆していた。それに長篇の書下ろし依頼もかなり溜《た》まっている。そのうえ「小説すばる」には二つの作品をすでに発表している状態で、これを連作にしなければならない問題もある。

とはいえ僕にとって怪奇短篇とは、何よりも書きたい分野と形態の合わさった小説のため、多少の無理があっても引き受けたい気持ちが強かった。

そこで彼女と相談した結果、他の二誌と締め切りが重ならず、かつ掲載が同じ間隔になるように考え、「小説すばる」には四ヵ月毎《ごと》に書くことになった。挿絵は一、二作目と同様、僕の大好きな楢喜八《ならきはち》に続けて依頼することも決めた。

難問の連作短篇の構成も、「怪談のテープ起こし」という裏設定を使う案を思いついた。それを時任に提案すると、「面白いですね」と乗ってきた。ただし発表順に各作品を並べただけでは、普通の短篇集になってしまう。読者に連作の意味が伝わらない。そこで単行本化の際に、僕が簡単な「まえがき」を書くことにした。すべての作品のネタが、かなり以前に録音された怪異に遭った人たちの体験談にあると、最初に説明するわけだ。

「これで私も、カセットとMDの聞き取りに、さらにやる気が出るというものです」

その言葉通りに彼女は使えそうな体験談を、せっせとテキストに起こしては、引き続きメールで送ってくれた。お蔭《かげ》で書き上げられたのが、「小説すばる」二〇一四年九月号に掲載された「集まった四人」である。

ところが、そんな時任のメールに、夏の終わりごろから妙な文面が交ざりはじめた。最初は何かの間違いだろうと思ったのだが、どうやら違うらしい。僕に宛てて書いているようなのだ。いや、何の説明もないので断言はできないが、そう感じられてならない。

その内容というのが――、
紅茶を飲もうとしたら、なんか変なものが映るんです。

自動販売機の中に何かいるのでしょうか。

シャワーを浴びていると、晴れているのに雨音がします。

あまりにも突飛なものだった。前後の文章に少しも関係なく、いきなり脈絡のない一文が交じっている。そのため、まったく意味が分からない。もちろん書かれていることは理解できるが、何を言いたいのか珍紛漢紛である。

さすがに気になったので電話をした。最初は遠回しに尋ねたが、埒《らち》が明かないので具体的に訊《き》いた。すると時任はしばらく絶句してから、

「そういう変な文章が、私の差し上げたメールの中にあった……ということですか」

「うん。それも唐突に出てくるというか、挿入されてる感じだな」

僕は肯定しつつも、彼女の物言いに少し引っかかった。

「この電話で驚いたってことは、実際には何も書いてないわけか」

「……はい」

「けど、何処《どこ》か納得しているような気配もあるのは、僕の気のせいかな」

そう続けると、再び彼女は間を空けてから、

「……先生、鋭いですね」

「というと？」

「その妙な一文の内容は、この数ヵ月の間に、本当に私が体験したことだからです」

「ええっ」

今度はこちらが絶句する番だった。

「でも私は、先生宛てのメールに、そんなこと一言も書いてません。メールの文面は書き上げたあと、必ず一回は読み直します。ですから万一そういう文章が交ざっていても、お送りする前に絶対に気づくはずなんです」

「なんとも面妖だな」

つまり問題の一文に、嘘《うそ》はないことになる。だが時任は、まったく書いた覚えがない。普通なら彼女の悪戯《いたずら》を疑うところだが、どう考えても違う。たった三回しか会っていないとはいえ、それくらいの判断は僕にもできた。

「その時任さんの体験というのを、具体的に教えてくれるかな」

電話で聞いた話を纏《まと》めると、以下のようになる。

彼女は毎朝、紅茶を飲む習慣があった。砂糖もミルクも入れない紅茶を、朝食のパンや果物といっしょに摂《と》る。ある朝、いつもと同じように飲もうとして、カップの中に妙なものを見た。

半円形の影……。

それが琥珀色《こはくいろ》に近い紅茶の水面に、彼女が口をつけようとしたカップの縁の反対側に、とても小さく映っている。最初は虫かと思ったが、そんなものは何処にもいない。かといって光の加減でもなさそうである。訳が分からなかったが、出勤前で時間もない。あまり深く考えずに、その朝は出社した。

その後も彼女は、この奇妙な影を目にした。毎日ではないが、それは不意に現れた。しかも形が少しずつ変わっていく。

半円から珈琲豆《コーヒーまめ》のようなものに……。

珈琲豆のような形の一方が窄《すぼ》まり、少し伸びた格好に……。

少し伸びた先が左右に広がって、珈琲豆の倍以上の大きさに……。

正直もう見たくなかったが、それの変化から目が離せない心理状態に、いつしか彼女は陥っていた。だがある朝、その影の正体に気づいたとたん、ぞっとした。

それは人影だった。妖精のように小さな、肩から上の人形《ひとがた》が紅茶の水面に揺蕩《たゆた》っている。まるでカップの縁の外側に貼りついて、少しずつずり上がってきたかのように。

彼女は朝食のとき紅茶を飲むのを止めたという。

二つ目は、会社の近くの自動販売機を利用しようとして、ふと躊躇《ためら》いを覚えた話である。そこでは何度かお茶や水を買っており、これまで特に問題もなかった。にも拘《かかわ》らず、なぜか急に不安になった。

この機械の中に何かがいて、彼女がどんな飲み物を選んでも、それとは違うものを取り出し口に落とすのではないか。

そんな考えが突然、脳裏に浮かんだ。あまりに有り得ない妄想なので、暑さで頭が可《お》怪《か》しくなったのかと、ちょっと焦った。そこで日陰に入って心を落ち着けると、たちまちその変な考えが薄らいだため、やっぱり暑さのせいだと考えた。

ところが、再び自動販売機の前に立ったとたん、同じ恐怖に襲われた。それ以来、そこは避けて通るようにしているという。

三つ目は、会社からマンションに帰宅して、夜遅くに浴室でシャワーを浴びていたときの話である。

ざあぁっっっ……という物音が、いきなり聞こえ出した。帰り道は完全に晴れていたが、どうやら雨になったらしい。近年よくあるゲリラ豪雨だろう。そう思いながらシャワーを止めると、ぴたっと雨音も聞こえなくなった。

……偶然？

それにしても不自然である。もう一度シャワーを出すと、ざあぁっっっ……と雨音が響きはじめた。止めると、その音も止む。シャワーの反響ではない。これまでに似た現象は一度も起きていない。それに妙な物音は、シャワーを出す、または止めるタイミングと、どうも微妙にずれている。少し早いか、少し遅いのだ。

この怪音も不意に聞こえ出すため、すっかりシャワー嫌いになってしまった。面倒でも風呂を沸かして、その湯で頭や身体《からだ》を洗うようになったという。

「どう思われますか」

一通り話を聞いたあとで、時任に尋ねられた。

「ホラー作家としては、因縁のあるカセットやMDの文字起こしをしたせいで、その障りが出たに違いない――とでも言えば良いのかもしれないけど、正直さっぱりだな」

「やっぱり私の勘違い、気のせいでしょうか」

「うん、恐らくそうだと思う。でも、それにしては個々の現象が、どうにも変に具体的というか……」

「えっ……それじゃ、あのカセットやMDの？」

「本当に影響が出たようにも思えるけど――」

といったん肯定しかけてから、僕は肝心な指摘をした。

「ただ、仮にそうだとした場合、『留守番の夜』や『集まった四人』の元ネタの体験と、もっと近い怪異に遭うんじゃないだろうか」

「あっ、そうですよね」

彼女の声音が急に変わったので、僕は続けて具体例を挙げた。

「これまでの作品に、小人のような化物が出てくるとか、自動販売機やシャワーに纏《まつ》わる奇怪な出来事が描かれているとか、そういう共通点があれば、まだ分かるような気もするけど、実際はそうじゃない」

「先生がよく書かれるように、訳の分からない怪異にも、実は何らかの法則性が隠れている場合が多い——という真理ですね。あれを思い出すべきでした」

「いや、あんなものを真理と呼ぶのは、いくら何でも不味《まず》いよ」

「そうでしょうか。実話系の怪談を題材にした御作の中で、それを何度も証明なさってるではありませんか」

「えーっと……」

僕は説明に窮した。時任が思い浮かべたであろう拙作のいくつかは、そういう解釈ができると分かったからこそ、作品にしたわけである。しかも、それらを僕はあくまでも小説として書いている。

だが結局、僕は何も言わなかった。今の会話で彼女が納得して、我が身に起きた奇妙な現象は気のせいだったと安心したのなら、そのままにしておくほうが良いと思ったからだ。

とはいえ、これ以上あのカセットとMDに関わらせるべきではないだろう。そこで次回の「小説すばる」のネタはこちらで探すので、もう怪談の文字起こしをする必要はないと伝えて、彼女も「分かりました」と応えたのだが、それではすまなかった。僕の考えが甘かったとしか言いようがない。

集まった四人

見知らぬ者同士が五、六人から十人くらい、偶然に、もしくは招待されて、山中の古城や孤島の城館で一堂に会するのだが、そこで恐ろしい事件が起きて……。

というお話はミステリ系の小説や映画に於《お》いて、昔から非常に好まれてきた設定である。お互いの素性を知らないがために、何か事件が起こると、誰を信用して良いのか分からず、徒《いたずら》に疑心暗鬼に陥ってしまう。そんなサスペンスに富む環境を簡単に作り出せることが、この設定に人気がある理由のひとつだと思う。

その代表作として真っ先に挙げられるのが、アガサ・クリスティ『そして誰もいなくなった』（一九三九）であることに、恐らく異論はないだろう。

U・N・オーエンと名乗る謎の人物から手紙を受け取り、デヴォン州の沖合の兵隊島（初版の黒人島も改訂版のインディアン島も差別表現と見做《みな》され、現在はこの表記になっている）の大邸宅にやって来た、年齢も職業も経歴もバラバラの十人の男女。招待主が姿を見せない食卓に、無気味なマザーグースの童謡が流れ、招待客全員の過去の犯罪を暴く声が聞こえてくる。やがて一人、また一人と、十人の客たちは童謡の歌詞通りに、順々に殺されていく……。

　本作が舞台に、映画に、テレビドラマにと何度も取り上げられるのは、この異様な設定があまりにも魅力的だからである。見ず知らずの者たちが一箇所に集められるというシチュエーションで、プロットも含めて最も成功したのが、この作品であることは間違いない。

　映画化は「そして誰もいなくなった」（米／一九四五）、「姿なき殺人者」（英／六五）、「そして誰もいなくなった」（伊・仏・西・西独／七四）、「10人の小さな黒人」（ソ／八七）、「サファリ殺人事件」（米／八九）と五度もされている。もっとも原作に忠実なのはソ連作品だけで、他は著者が本作を舞台劇化するために執筆した脚本が大本になっているうえ、各作品によっても改変がなされていて結構な異同がある。

　ちなみに六度目の映画化は、アーノルド・シュワルツェネッガー主演のアクション物「サボタージュ」（米／二〇一四）というのだから驚く。いったい原作の要素がどこまで残されているのか、かなり不安に感じるのは僕だけではないだろう。

　さて、このような前振りをしたからといって、本稿で紹介する無気味な体験談が、『そして誰もいなくなった』に似たお話というわけでは決してない。ただ、そのときの体験者の心情を考えるのに、これほど相応《ふさわ》しい作品はないだろうと思い、最初に取り上げた次第である。

なお、これから記す気味の悪い話を、体験者――奥山勝也《おくやまかつや》としておこう――から直接、僕は聞いたわけではない。某分野の専門書を多く手掛ける某版元の、かつて付き合いのあった編集者がある席で語ったのを、そのとき僕がカセットテープに録音しただけである。本来なら彼より体験者を紹介してもらい、僕が取材をし直すところだが、その編集者とはとっくに音信不通で、どうしても捜し出すことができなかった。

以下に紹介するお話は、問題の体験談を奥山勝也の視点に立って再構成し、改めてまとめ直したものである。念のためお断りしておくが、本稿に出てくる固有名詞の多くは仮名にしてある。それでも何か差し障りが出た場合、その責任は著者にあることを明記しておきたい。

＊

奥山勝也は額に汗を掻《か》きながら、待ち合わせ場所のS駅の南口に、なんとか三分遅れで着いた。たった三分と思う者もいるだろうが、待ち合わせの相手が岳将宣《がくまさのぶ》となると別である。

ところが、いくら辺りを見回しても、岳の姿が見えない。

まだ来てないのか。

ほっと安堵《あんど》しながらも、とっさに彼は首を傾《かし》げた。

何事にも几帳面《きちようめん》な岳は、バイト先でも常に時間厳守だった。待ち合わせ時間に遅れるなど、まったく彼らしくない。

とはいえ岳さんを待つしか、ここは仕方ないか。

そう考えながら改札口の周囲を見回すと、明らかに仲間らしき者が三人、すぐ目に留まった。リュックサックを背負い、いかにも山歩きをする服装で、登山靴を履いている。そんな格好の者など、その三人の他には誰もいない。

勝也の推測を裏づけるかのように、三人の誰もが自分以外の者に、ちらちらと視線を送っている。ただし全員が引っ込み思案なのか、一向に自分からは行動を起こさない。そこには勝也も、もちろん含まれていた。どうやら四人が四人とも、ひたすら岳将宣の到着を待っているらしい。

なぜなら今回の、雨知《あまち》地方の音ヶ碑山《ねがひやま》ハイキングの計画を立てたのは岳であり、参加者は彼の知り合いという共通点はあるものの、互いには面識が一切なかったからだ。つまり岳が来なければ、まったく何もはじまらなかったのである。

にも拘《かかわ》らず約束の時間から十分が過ぎても、岳は現れない。

何かあったのかな。

勝也が心配するのと同調するように、今日の同行メンバーと思える三人も、腕時計に目を落としたり、周囲の人混みを見回したり、携帯電話を確かめたりと、次第に落ち着きがなくなってきた。

そうだ。携帯……。

ここまで走って来る途中で、携帯に着信があったことを勝也は思い出した。ひょっとするとあれは、岳将宣からの「遅れる」という連絡だったのではないか。

慌てて携帯を取り出すと、案の定、留守録が入っていた。電波の状態が悪いのか、ごおぉぉっ……という物凄《ものすご》く煩《うるさ》い雑音が交じって、とても聞き取り難《にく》い。

勝也は必死に耳を澄ましたが、その顔が徐々に強張《こわば》りはじめた。

「……山……から、今日は行けない。……けど奥山君がリーダーに…………、予定通り……くれるかな。切符や……は、しらみね君…………あるし、…………については……みさきさんが…………。それじゃ、楽し…………。よろしく」

理由は聞き取れなかったが、要は自分が参加できなくなったので、勝也がリーダーとなり、あとの三人と計画通りハイキングに行ってくれ——と、どうやら岳将宣は言っているらしい。

そんな、無理だよ。

勝也は途方に暮れたが、そのとき他の三人が、いつしか自分を見詰めていることに気づいた。彼が留守録で岳の伝言を聞いたのではないかと、もしかすると誰もが想像したのかもしれない。

勝也が意を決して動き出すと、バラバラに離れていた三人が、自然に彼のほうへ集まり出した。しかし誰も喋《しゃべ》らない。なかには俯《うつむ》いたまま目を合わせない者さえいる。

「えーっと、あの……、ひょっとして皆さん、……岳さんの？」

しどろもどろになりながら、ようやく勝也が「岳」の名前を出すと、こっくりと三人が頷《うなず》いた。そこで勝也は、まだ右手に持っていた携帯の留守録を、皆にも聞こえるように再生した。

「みさきというのは、私です」

すると長い黒髪を後ろで束ねた清楚《せいそ》な感じの女の子が、まず「岬麻里《みさきまり》」だと自己紹介をした。大学の二年生らしい。

「しらみねは、俺だな」

次いで体格は良いものの、何処《どこ》となく動きが鈍そうな印象を受ける男子が、「白峰亜希彦《しらみねあきひこ》」だと名乗った。こちらは大学の三年生だという。

二人とも岳将宣とはバイト先で知り合い、色々と面倒を見てもらったらしい。勝也も同じだったので、そう言いながら自己紹介をした。

「岳さんと同じ四年生ということは、大学も一緒なんですか」

麻里に訊《き》かれたので、勝也は首を振って答えた。

「岳さんと知り合ったのは、僕もバイト先なんだ。それに四年生といっても、岳さんは三回も、だっけ？　留年してるから――」

「あっ、そうでしたね」

困ったような顔で微笑《ほほえ》む麻里に、ちょっと勝也はどぎまぎしながら、

「この中では、岳さんが年長者ということになるね。彼と知り合ったバイト先も、それぞれの大学も、バラバラなので――」

と言いかけたが、まだ三人目が一言も発していないことに気づき、とっさに言葉を濁した。

「それで、君は？」

小柄なうえに痩身で、おまけに童顔のため、見様によっては中学生と間違えそうな三人目の男子に、勝也は声をかけた。

「……山居章三《やまいしょうぞう》です」

相変わらず視線を合わせぬまま、名前だけを答える彼に、いくつか勝也が質問をした。その結果、大学の一年生で、岳とは一年前に登山を通じて知り合ったことが分かった。

なんだ。ここに立派な経験者がいるんじゃないか。

一瞬、勝也は喜んだが、かなり引っ込み思案らしい山居章三に、到底リーダーが務ま

ると は思えない。しかも彼は、ここでは最年少である。

「時間がない」

　そのとき、ぼそっと亜希彦が呟《つぶや》いた。腕時計を見ると、確かに乗車予定の特急の発車時刻が近づいている。

「あーっと、切符は……」

「岳さんから買っておくようにって、俺が言われてる」

　亜希彦が服のポケットから、乗車券込みの特急券を取り出したので、勝也はそれを受け取って配りつつ、

「とにかく電車に乗ろう」

　皆を改札へと誘導した。こうして結局、音ヶ碑山ハイキングのリーダーを、彼が務める羽目になってしまった。

　特急列車の指定席は、ちょうど二人席の前後が取れていた。そこで前の座席を百八十度回転させて、向かい合わせに座れるように整えた。

「岬さんには、進行方向の窓際に座ってもらうとして――」

　紅一点の麻里を、まず勝也は優遇したのだが、本人は遠慮をしている。そこで半ば強引に座らせながら、さて男はどうしたものかと思案していると、すすすっと白峰亜希彦が前に出て、ちょっと迷った素振りを見せたものの、さっと彼女の向かいに座ってしま

った。

こんなときだけ素早いのか。

勝也は怒るよりも呆《あき》れた。迷ったように映ったのは、麻里の隣に座るか向かいを選ぶかで、とっさに悩んだせいだろう。

こうなったら自分が麻里の隣に座りたい、と勝也は思った。

「白峰君は身体《からだ》が大きいから、隣は山居君がいいかな」

実際に誰が見ても自然な組み合わせだったので、あまり勝也も良心が痛まない。とはいえ山居章三が素直に従ってくれたときは、ほっとした。

四人が座るのを待っていたように、すぐに列車がホームを離れた。しばらくは全員が車窓の風景に目を向けていたが、そのうち気まずい空気が流れ出した。誰も口を利かなかったからだ。

これから約一時間半、この状態が続くのか……。

そう考えると、早くも勝也は音を上げそうになった。

秋の行楽シーズンのうえ、乗車したのが観光地行きの列車にも拘らず、平日のせいか座席には余裕があった。それでも六十代と思《おぼ》しき女性のグループや、年配の夫婦連れが何組も目につく。しかも、どの座席でも談笑が絶えない。車両の中では最も若い勝也たちの席だけに、なんとも重苦しい沈黙が漂っている。

わざわざ彼女の前の席に座ったんなら、何か話しかけろよ。

亜希彦にはそう言いたかったが、もちろん勝也は黙っていた。二人が仲良くなるのは好ましくないので、この状況はむしろ歓迎すべきかもしれない。

それでも自分たちの座席だけが、ずっと静かなままの状態が続くと、とにかく誰でもいいから何か喋ってくれ、という気持ちになってきた。

「えーっと」

結局、口火を切ったのは勝也だった。岳からリーダーを任された――いや、強引に押しつけられた――のだから仕方ない。

「皆さん、音ヶ碑山に行くのは、はじめてかな」

麻里は「はい」と返事をし、亜希彦は鷹揚《おうよう》に頷き、章三は居眠りをしているかのように、こっくりと頭を下げた。

「岳さんによると、山登りというよりハイキングに近いので、山に慣れていない我々でも大丈夫らしい。ただ、岳さんが来られないので、雨知のガイド本に載っている小さな地図しか、僕らにはないことになる。山頂までは一本道のようなので、まぁ大丈夫だとは思うけど、正直ちょっと不安が――」

と言いかけたところへ、すっと章三が畳まれた紙片を差し出した。

「これは？」

受け取って広げると、音ヶ碑山周辺の手描きの地図だった。

「岳さんお手製か。助かるよ」

感謝したものの、こんなものを持っているのなら早く出して欲しいと、心の中でぼやいた。

「他にも、岳さんから何か預かっている人はいるかな」

いるなら今すぐ出せと思いつつ、勝也が一人ひとりに目を向けていると、

「預かってるとか、そういうんじゃないんですけど――」

麻里が携帯を取り出しながら、意外なことを切り出した。

「実は三日前に、岳さんからメールが来て、今、音ヶ碑山にいるっていうんです」

「えっ、どういうこと？」

驚いたのは勝也だけではなかった。この発言には亜希彦も、大きな図体《ずうたい》を乗り出して反応している。

「私も、びっくりしました。岳さんによると、その前の週末に、雨知では集中豪雨があったので、心配になって見に行ったらしいんです」

「今日、そこを目指すのに？　三日前にも行ってたっていうの？」

「私たち、山は初心者ですからね。それで岳さん、安全確認のために、わざわざ調べに行ったみたいです」

そう聞くと、いかにも岳さんらしいなと勝也は妙に納得した。普通の人が感じるほどに、きっと彼は事前の山行きが嫌ではなかったのだ。

すると、まるでそれを証明するかのように、ぼそっと章三が呟いた。

「あの人のお気に入りの場所のひとつが、音ヶ碑山でしたから……」

二人の知り合った場所が何処かの山だけに、岳の好みには詳しいらしい。

「私、前に岳さんから、音ヶ碑山の話を聞いたことがあります」

「俺も」

麻里と亜希彦の同意を耳にして、そう言えば自分にも覚えがあるな、と勝也は思い出した。

「だから岳さん、仮に続けて行くことになっても、まったく苦にならないんだ」

「むしろ嬉《うれ》しいのかもしれません」

という麻里の指摘に、勝也は彼女と顔を見合わせ、お互いに微笑み合った。

「メールには他に何と?」

そこに亜希彦が、無粋にも割って入った。勝也はむっとしたが、麻里は慌てた様子で携帯に目を落とすと、

「予定のルートで泥濘《ぬかる》んでる場所はあるけど、歩くには大丈夫だと、岳さんは判断しています」

「地図にも〈足元注意〉の書き込みが、ちゃんとあるよ」

まずは麻里に、それから章三と亜希彦に該当箇所を指差しながら、勝也は地図を見せた。岳将宣からのメールに記されていた他の注意事項も、ほとんど漏らさず地図に書き込まれていることが確認できて、勝也は安心した。

「さすが岳さんだ」

改めて感心したものの、そのとき麻里の様子が可怪《おか》しいことに、彼は気づいた。

「どうかした？」

「それが……」

彼女は携帯の画面を、ゆっくりと彼に向けながら、

「こんなメール、三日前にはなかったのに……」

何だろうと思って見ると、次のような文章が読めた。

〈山友達に会った。新たなルートを発見。綺麗《きれい》な石を人数分、ちゃんと見つけてくれた。当日のお楽しみができたな〉

一読して、特に変だと感じるところはない。ただ、なぜか引っかかった。理由は分からないが、どことなく奇妙だ……という印象を勝也は持った。

彼が素直な感想を口にすると、

「三日前のメールのあとに、こんなのなかったはずなんです」

麻里が気にしていたのは、内容よりもその点だった。

「メールが届いた日時は？」

「……三日前の、他のメールの、すぐあとになってます。でも、それなら私、きっと気づいたと思うんです」

「そうだな。ただメールって、届くのに物凄く時間がかかる場合があるから、これもそうかもしれない」

「送ったのが、山の上からですものね」

と口にしながらも、完全には納得していない口調である。

「この山友達って、誰だろ」

「山居君のような人でしょうか」

気を取り直した様子で、麻里は応えたものの、

「でも、もしそうなら岳さんのことですから、きっと今日のメンバーに、その人も誘ったんじゃないかなぁ」

最後のほうは独り言のような呟きで、そう続けた。

「心当たりはあるかな」

同じ山友達の章三に尋ねたが、俯いたまま首を振っている。

「それにしても、なんか変なメールだな。どう変かは、ちょっと説明し辛《づら》いけど」

「唐突だ」

勝也の疑問に、それこそ亜希彦が唐突に答えた。

「このメールが？」

「内容が」

もう少し愛想良く喋れないのかと腹が立ったが、リーダーという立場を考えて、勝也は我慢した。

「確かにそうだな。もっと説明があってもいいのに」

「必要なことだけを伝えた。そんな感じですよね」

あとを麻里が受けてくれたが、再び気を取り直したような様子で、

「けど、綺麗な石がお土産に用意されてるって思うと、ちょっと楽しみです」

いかにも女の子らしい発言をして、その場は収まった。

麻里と親しく話せたのは良かったが、男二人は頭が痛いと、勝也が心の中で一頻《ひとしき》りぼやいていると、

「ここまで準備をしたのに、岳さん、急に行かれなくなって、残念でしょうね」

すっかり失念していたことを、彼女が口にした。いきなり留守録で欠席を告げられたのと、リーダー役を振られたせいで、そこまで頭が回らなかったらしい。

「ちょっと電話してくる」

三人に断って席を立つと、勝也は列車のデッキに出て、岳の携帯に電話した。

ところが、「……電源が入っていないか、電波の届かないところに……」という例のメッセージが流れるばかりで、留守録にも切り替わらない。仕方がないので、四人で予定通り特急に乗っていること、急病ではないかと心配していることなどを、簡単にメールした。

すぐに返信があるかと思い少し待ってみたが、電話もメールも一向になく、勝也は言い知れぬ不安を覚えた。

まさか、事故にでも遭ったんじゃないよな。

つい最悪の想像をしたが、それなら留守録など吹き込めなかったはずだと思い直した。よく聞き取れなかったものの、少なくとも岳は普通に喋っていた。

やっぱり急用か。

当日の集合時間の直前に電話して、不参加を伝えるという行為は、まったく岳らしくない。本当に突発的な用事ができたとしか考えられない。

席に戻った勝也は、岳に連絡が取れないこと、恐らく止《や》むに止まれぬ急用が生じたに違いないことを、三人に告げた。

「こんな対応は岳さんらしくないので、多分そういう事情があるんでしょうね」

麻里が理解を示すと、

「ああ」

亜希彦が相槌《あいづち》を打った。ただし、それは勝也への返事ではなく、彼女の台詞《せりふ》に応えたように見えた。

章三はやはり視線を合わせないまま、静かに頷いただけである。

そうこうしているうちに、列車は雨知の駅に到着した。特急の乗車中、ずっと気まずい沈黙に耐えるのか、という勝也の心配は、意外にも杞憂《きゆう》に終わった。もっとも積極的に話をしたのは、彼と岬麻里の二人だったが、むしろ勝也は満足だった。列車の中での会話が、彼女との距離を縮めた気がしたからだ。

雨知駅で稚鳴《ちお》線に乗り換えると、明らかにハイキング目的と思われる格好をした乗客が一気に増えた。といっても若者は勝也たちくらいで、あとは中高年か、それ以上の年齢の人たちばかりである。

下車する愿粥《はらがゆ》駅には二十数分で着くため、勝也は席に落ち着くや否や、岳が描いた地図を皆の前に広げると、ルートの確認を行なった。本来なら人数分のコピーを作って配るべきだが、章三から受け取ったのは特急の中である。念のため下車したらコンビニを探すつもりだったが、車窓の風景を眺める限り、かなり望み薄なことが分かる。

無人駅かと見紛《みまが》うほど小さな愿粥駅に着くと、勝也たちの他にも何組かが下車した。周囲を見回すまでもなく、コンビニどころか店屋が一軒もない。そもそも民家でさえ、疎《まば》らにしか建っていない有様だった。

先に降りた年配の女性グループのあとを辿《たど》る格好で、まず勝也たちは音ヶ碑山の麓にある黒日《こくじつ》神社へ向かった。事前に彼が読んだガイドブックによると、ここは黒日神社の里宮であり、奥宮は山頂にあるという。そのため車やバスで行ける奥宮に比べると、最寄り駅からかなり歩かなければならない――周辺の道は狭くて小型車しか入れない――里宮は参拝客も少ないらしい。ただし音ヶ碑山に登るのであれば、必ず里宮にはお参りをしなければならない。疎《おろそ》かにしようものなら、一つ目で一本足の魔物に、山中で行き逢《あ》うという恐ろしい伝承がここにはある。

もっとも魔物云々《うんぬん》はガイドブックの情報ではなく、ネット上の怪談サイトで見つけた体験談に拠《よ》っている。それも一人ではなく複数の体験が書き込まれていたので、その手の話が好きな勝也でさえ、ちょっと厭《いや》な気分になってしまった。怪談話として聞いたり読んだりするのは楽しいが、実際にそこへ自分が行くとなると、やっぱり別である。それでも参加したのは、何かと頼りになる岳将宣が一緒だと思ったからだ。

なのに……。

黒日神社の里宮に参拝しながら、勝也はハイキングの無事を祈った。岳がいないのなら、もう神頼みするしかない。

お参りを終えて振り返ると、岬麻里と白峰亜希彦が熱心に両手を合わせている。

彼女はともかく、この男が……。

と意外に感じたが、薄目を開けた亜希彦が、ちらちらと麻里のほうを窺《うかが》っていると分かり、納得した。

彼女よりも長く熱心に拝んでいたと、本人に思わせたいわけか。

それでどんな効果を見込んでいるのか、もちろん勝也には分からないが、麻里の気を惹《ひ》くためであることは、まず間違いない。

あれ、もう一人は？

何処へ行ったのかと焦って辺りを見回すと、すでに神社の鳥居の手前にある石碑の横で待っている、山居章三の姿が目に入った。

ここまでの消極的な態度とは、えらい違いだな。さすが岳さんの山友達といったところか。

呆れつつも勝也は感心した。山の経験がありながら、とても役立ちそうにないと思っていたが、ひょっとすると早計だったかもしれない。

ちなみに章三の側《そば》にある石碑は、黒日神社の参道から音ヶ碑山の山道へと導くための、目印となる起点碑だった。そこを少しでも越えると、もう山中である。

まだお参りしている二人に声をかけて、山道の起点碑まで勝也たちが行くと、いきなり章三が喋り出した。

「先頭は奥山さんで、二番手は岬さん、三番手は白峰さん、最後は僕という順番でいきましょう」

「そ、そうか」

突然のことで驚き、勝也が口籠っていると、

「山に詳しい山居君が、先に立ったほうが良くない？」

彼が主張したかった意見を、代わりに麻里が言ってくれた。

「山に慣れているのは、確かに僕独りだけのようです」

それまでの無口が嘘《うそ》のように、いきなり章三は饒舌《じょうぜつ》になった。

「ですから逆に、全員が目に入る一番後ろを、僕は歩くべきなんです。疲れて遅れ気味になっている人が、取り残されないように、注意を払う役目ですね。奥山さんはリーダーですから一番前を、岬さんは唯一の女性なのでリーダーの後ろが順当です。すると白峰さんは自動的に、三番手となります。これがベストの並びでしょう」

さすがに彼の発言には、ちゃんと説得力があった。もっとも目を合わせないで喋るところは、相変わらずだったが。

「そうだな」

特に麻里からも亜希彦からも反論は出なかったので、自分が先頭というのは気が進まなかったが、勝也は章三の提案を受け入れることにした。

起点碑から一歩山側へ入ると、それまでの舗装路が一気に土道へと変わった。おまけに道幅も狭くなり、一列でないと歩けなくなる。そこを奥山勝也、岬麻里、白峰亜希彦、山居章三の順で進む。

最初は緩やかな坂道程度だったが、すぐに勾配のきつい登りとなった。夏の間に茂りに茂った草木の強い匂いに、たちまち取り巻かれる。

はじめのうち勝也は、「足元に気をつけて」などと、麻里に声をかける余裕があった。だが、次第にそれどころではなくなってきた。

亜希彦は口数こそ少ないものの、傾斜の激しい所では、背後から麻里を押し上げたりした。そうやって彼女のお尻に触るつもりではないかと、勝也は不快感を覚えた。だが、しばらくすると亜希彦も、それどころではなくなってきたらしい。彼女が転びそうになっても、まったく知らん振りをし出したからだ。

当の麻里は、勝也の声かけや亜希彦のお節介がなくなっても、一向に平気なようだった。先頭の勝也に遅れることなく、ちゃんとついて来ている。もっとも山に入った当初は、「あの花、とっても綺麗ね」などと口にしていたのが、今では一言も喋らない。

結局、山道に慣れていない三人は、すぐに自分のことだけで精一杯になってしまった。

「この山は雨知だけでなく、昔から稚鳴地方の人々の信仰を集めてきました」

例外は章三である。

「死んだ者は皆、この山に還《かえ》ると信じられたからです」

これまでの引っ込み思案な様子とは裏腹に、まるで先へ進めば進むほど元気になっていくかのように話している。

「亡くなった肉親に会いたいと願う者は、先程の黒日神社にお参りして、山頂を目指しました」

誰に訊かれたわけでもないのに、いきなり音ヶ碑山の解説をはじめたのには、勝也もびっくりした。

「音ヶ碑山には、賽《さい》の河原があります。もちろん本当の川は流れていません。石ころだらけの場所が、帯のように長く続いている眺めを、川に見立てているわけです」

かといって煩いとは感じなかった。あとの三人が喋る気力もないので、ちょうど良いかと思ったくらいである。

「そこで死んだ人の名を呼びながら、石を打ち鳴らすと、その人の霊が現れると伝えられています」

それに彼が口にしているのは、この山についてのガイドだった。むしろ有り難いと感謝すべきかもしれない。

「この儀式で注意が必要なのは、いつまでも石を打ち鳴らし続けてはいけない、ということです。そうすると関係のない亡者まで出てきて、そのまま山に留《とど》まってしまうと言われています」

　ただ、その内容が少し問題だった。

「また一人の人間が同じ石を、ずっと使うのも禁じられています。そんなことをすると、その石に死者の念が籠るからです」

　山に纏《まつ》わる伝承というよりも、何やら怪談染みた話になっている。

「もちろん賽の河原以外の場所で石を打ち鳴らすのも、絶対にやってはいけません。亡者を誘《おび》き寄せるだけですから……」

　そんな恐ろしい場所に、自分たちは侵入しているのだと考えただけで、どうにも勝也は落ち着かなくなってきた。まして章三が話すのは普通の怪談ではなく、何百年もの歴史に裏打ちされた怪異なのだから余計である。

「この山で誰かと行き逢ったとき、『こんにちは』と挨拶したのに、相手からは『おーい』と、まるで遠くの人を呼ぶような返しがあった場合は、すぐにその場を離れることです。絶対にそのまま会話をしてはいけません。そんなことをすれば、それに連れて行かれますから……」

　にも拘らず耳を傾けてしまうのは、章三の語りが上手《うま》いせいか、聞いておかないと後悔する羽目になりそうだからか。

　しかしながら麻里も亜希彦も、ほとんど上の空のようだった。特に亜希彦は、体力がありそうなのは見た目だけで、たちまち顎を出してしまった。章三の話を理解して聞いているとは、とても思えない為体《ていたらく》である。

当初は勝也も、先に登った何組かの年配グループに追いつき、すぐに追い越すものと考えていた。だが、亜希彦が見事に足を引っ張った。追いつくどころかその背中さえ、いつまで経《た》っても見えてこない。

音ヶ碑山は起点碑から山頂までの間に、道標《みちしるべ》となる石仏がほぼ等間隔に祀《まつ》られているる。ガイド本では、二つか三つの石仏ごとの休憩を勧めていたが、亜希彦は毎回それを望んだ。

「あんまり休憩し過ぎると、逆に疲れるんじゃないか」

休むたびに腰を下ろし、滝のように流れる汗をタオルで拭きながら、水筒のお茶をがぶがぶと飲む亜希彦に、やんわりと注意するのだが、まったく何の反応も示さない。勝也に突っかかる気力も、どうやらないらしい。

まさに蝸牛《かたつむり》のような歩みで、ようやく岳将宣が描いた地図の七合目に到着したころには、本来は山頂で摂《と》る予定の昼食の時間になっていた。

「もうお昼だけど、どうするかな。ここで食べるといっても……」

道標の石仏の横に、ようやく二人ほど座れる空間があるだけで、あとは傾斜のきつい山道しかない。ちなみに石仏の隣には、当たり前のように亜希彦が腰を下ろして、過剰な水分補給をしている。

「無理して先に進んでも、きっと似たようなものでしょうね」

困って辺りを見回す勝也と同様、麻里も呆然《ぼうぜん》とした表情である。

「腹は減った……けど、食欲ない」

そこへ大幅な遅れの原因となった亜希彦の、ぼそっとした呟きが聞こえた。

お前なぁ、誰のせいで――。

怒鳴りたいのを勝也が我慢していると、章三が意外なことを言い出した。

「ひょっとしてそこに、別の道がありませんか」

彼が指差したのは、石仏の背後に繁茂している深い藪《やぶ》だった。

「何処に？」

しかし勝也がいくら目を凝らしても、鬱蒼《うっそう》と茂った草木しか見えない。

「あっ、ほんとだ」

先に認めたのは麻里だった。亜希彦も気になるのか、振り返って藪を眺めていたが、

「あるな」と早くも問題の道を見つけてしまった。

自分だけ疎外された気分になった勝也は、慌てて藪に近づきながら繁々《しげしげ》と観察した。

すると自然に生い茂っているかに見えた藪の前面が、実は草木を編んで作られた人工の板壁のようなものだと分かり、思わず仰天した。

「藪に見せかけた作りものの蓋で、ここを覆ってあるのか」

一瞥《いちべつ》しただけでは決して分からない、非常に巧妙な蓋に手をかけて退《ど》かすと、ぽっかりと別の道が現れた。

「これって、岳さんのメールにあった、新たなルートじゃないですか」

興奮した麻里の声に、

「きっとそうだ。近道だよ」

急に元気が出たらしい、現金な亜希彦の声が続いたが、なぜか勝也は素直に喜べなかった。

「石があるぞ」

正確には岩というべき大きさの、どっしりとした重厚な石が、ひょっこりと目の前に現れた山道の真ん中に、でんと据えられている。

「まるで通せんぼをしているみたいに見えないか」

あたかも通行禁止の標識のように、勝也には思えた。

「わざわざ誰かが、そこに置いたんでしょうか」

麻里の考え込むような口調とは対照的に、亜希彦の能天気な声音が答える。

「最初からあったんだろ」

「そうかな」

すかさず勝也は疑問を口にした。

「行く手を遮る岩といい、山道を隠すために藪に見せかけた蓋といい、ここへ誤って入る登山者がいないようにと、誰かが用意したんじゃないか」

「考え過ぎ」

すっかり元気を取り戻した亜希彦が、即座に否定する。

「しかしな――」

反論しかけた勝也に、章三は小学生のように「はい」と片手を挙げながら、

「ここでお昼にはできませんし、このまま登っても良い場所があるとも限りません。この別の道には岳さんも入られたみたいですので、ちょっとだけ試しに進んでみませんか。そのうえで、やっぱり危険だと一人でも思ったら、すぐに引き返すということで、どうでしょう」

麻里に目を向けると、章三の提案に賛成のようだったので、勝也も別の道を探ることに渋々ながら同意した。

隠されていた道の左右には密生した樹木と草木が犇《ひし》めいて、半ば頭上まで覆っている状態だった。そのために、まるで真っ暗な隧道《ずいどう》の中に入って行く感覚がある。ほとんど日が射《さ》さないせいか、土道も泥濘んだままだ。だから余計に地下洞窟を連想してしまう。先を見通そうにも暗過ぎるせいで、ほとんど分からない。

　この道を辿ることに一番抵抗していた勝也が、リーダーという立場から真っ先に足を踏み入れる羽目になったのは、思えば皮肉だった。

　やっぱり気が進まないなぁ。

　大きな岩を迂回《うかい》して、日中だというのに視界の悪い道に目を凝らし、ゆっくりと慎重に歩を進めながら、勝也は改めて思った。

　いくら樹木の枝葉が陽光を遮っているとはいえ、隠された道に漂う空気は、ひんやりとし過ぎている。その異様な冷気が、汗を掻いた身体に心地好《よ》ければ良いのだが、むしろ逆だった。汗が乾くような爽快感など微塵《みじん》もない。まるで冷たい空気がべたついた肌の下に潜り込んで、皮膚の内側を直接冷やしているようだ。そのため身体の表面は蒸し暑く感じるのに、内部には悪寒が走っている、そんな不快感を覚えてしまう。

　早くここを通り抜けたい。

　その一心で勝也が足を速めかけたときである。

「これ、岳さんの足跡じゃないですか」

　後ろから麻里の声がした。

　とっさに土道へ目を落とすと、自分たちが歩いているすぐ横に、点々と足跡らしきものが確かに標《しる》されている。

「やっぱり岳さんが見つけたのって、この道だったんですよ」

すっかり安心して喜んでいる麻里の声音を耳にしながら、勝也は妙な違和感を覚えた。満足に太陽が射し込まないため、絶えず湿っているような道とはいえ、三日前の足跡が残るものだろうか。

まずそう感じた。凝《じ》っと眺めれば眺めるほど、足跡が真新しく映ることも、彼の疑いをさらに強めた。

けど、この道なら有り得るか。

単に湿気が多いという理由だけでなく、この細長い空間に籠る忌まわしい空気が、恐らくそんな風に感じさせたのだろう。

ところが、そうやって納得しかけたのに、なぜか違和感は消えない。益々《ますます》その足跡を凝視してしまう自分がいる。

何が気になるんだ?

少し歩く速度を落として、繁々と泥の土道に残る足跡を観察しているうちに、勝也は妙なことに気づいた。

左右のバランスが可怪しくないか。

普通に歩いたのであれ、速足であれ、駆け足であれ、左右の間隔はほぼ一定するはずである。それなのに、どう見てもずれている。しかも変なところは、まだ他にもあった。

左側より、右側のほうが新しい?

先程は足跡が真新しいと判断したのだが、よく眺めるとそう言えるのは右側だけだった。それに比べると左側のものは、明らかに古びていた。

要は左側の足跡が先について、その数日後に右側の足跡が標された。しかも左は奥へと進んでおり、右は奥から戻っているように映る。つまりこの足跡を標した者は、一本足で歩いたことになる。一本足のそれは、まず隠された泥濘《ぬかるみ》の道へと足を踏み入れ、再び一本足でこの道から出て来た。そういうことではないのか。

一つ目で一本足の魔物……。

ネットで読んだこの山に纏わる怪談が、ふっと脳裏に蘇《よみがえ》る。

まさか……。

さすがに信じる気にはなれなかった。かといって一笑に付すことも、なぜかできない。あと少しでも隧道の如《ごと》き泥道が続けば、きっと勝也は「わあぁっ」という叫び声と共に、物凄い勢いで駆け出していただろう。

急に目の前が開けたかと思うと、ちょっとした草地に彼らは出ていた。そこは辺り一面を、ぐるっと薄《すすき》に囲まれた不思議な空間だった。もし自分たちが音ヶ碑山の七合目まで登っている事実を忘れていたら、何処かの河原に出たのだと勘違いしたかもしれない。

「お昼を食べるのに、ちょうど良い岩がありますよ」

麻里の言う通り、草地の向こうには平らに広がった岩が見えている。四人が腰かけて昼食を摂るのに、まさに適した大きさだった。

自然と皆の足が、その岩へと向かう。山頂に着いたわけでもないのに、全員の足取りが軽い。まとまった休みが取れると思うと、やっぱり誰もが嬉しいのだろう。

気味の悪い足跡のせいで、厭な不安を覚えていた勝也も、少しだけ気分が持ち直した。こうして青空の見える草地に身を置くと、あの道で囚《とら》われた考えが、俄《にわ》かに莫迦《ばか》らしく思えてくる。

腹ごしらえをして、休養を取って、あとは頂上を目指すだけだ。

勝也は前向きになっていた。リーダーとしての自覚が、再び芽生えたようである。それなのに岩が近づくにつれ、またしても言い知れぬ不安に駆られ出した。

なんか妙だな。

それまでは漠然と、長方形のテーブルに映っていた岩が、はっきりと両の眼《まなこ》で捉えられ出したとたん、まるで何かの祭壇のように見えはじめた。

気持ち悪い。

ただの自然の岩なのに、何処となく人工的な感じもする。けれど、いつ、誰が、何のために、こんなものを用意したのか。そう考えると単なる気のせいとしか思えない。でも、相変わらず何か引っかかっている感じがある。

もやもやとした気分を勝也が覚えていると、

「あっ、ありましたよ！」

麻里の嬉しそうな声が上がった。

「きっとあれが、岳さんのお土産です」

彼女は小走りで平らな岩に辿り着いたあと、くるっと勝也たちに振り返って、自分の右手を差し出した。

そこには鶏卵くらいの大きさの、非常に美しい石が載っていた。表面が凄く滑らかな点も、とても鶏卵に似ている。白と灰と黒の混じり合った色合いも決して暗くはなく、逆に妙な落ち着きを感じるほどである。

「綺麗だな」

いつの間にか亜希彦が彼女の側に立っており、別の石を掌《てのひら》に載せている。

「宝物みたいだ」

しかも彼には似合わない台詞を吐きつつ、なんと麻里と微笑みを交わし合っているではないか。

「奥山さんの分もありますよ」

彼女に言われて岩の上を見ると、確かに卵石が一つだけ残っている。

「いや、僕は……」

石の造形があまりにも見事なため、思わず掌で握りたくなる衝動に駆られたが、辛うじて勝也は自制した。

……気持ち悪い。

平らな岩から受けたのと同じ嫌悪感を、その石にも覚えた。

どうしてこの石は、これほど卵に似ているのか。

どうすれば、こんなに滑らかで綺麗な表面になるのか。

そもそもこれは自然のものなのか、それとも……。

勝也が考え込んでいると、

「遠慮することありませんよ」

彼の態度を大いに勘違いしたらしい麻里に、そう言われた。

「私たちのお土産にって、岳さんが用意したものなんですから」

「いや、でも……」

断りの言葉を考えあぐねていると、残りの石が一つであることに、勝也は改めて気づいた。

「あと一つしかないから、これは山居君に譲るよ」

「あれ？　そう言えば、三つしかありませんね」

麻里が平らな岩の隅々まで見渡したが、他に卵石らしきものは何処にも見当たらない。

「私は結構です」

三人から少し離れた地点で佇《たたず》んでいた章三が、これまで通り俯いたまま応えた。

「遠慮することないよ」

麻里の言葉をそのまま勝也は使ったのだが、章三は首を振りつつ、

「同じものを、すでに持っているんです」

そう言われると、もうどうしようもない。しかし勝也も絶対に石には触れたくない。

「ここを発《た》つとき、また荷造りするだろ。そのとき石をリュックに入れるとして、お弁当にしようか」

なんとも苦しい言い訳で、どうにかその場を誤魔化した。

昼食の間も、麻里と亜希彦は卵石に夢中だった。お互いの石を交換したり、勝也の分だという石と替えて欲しいと言い出したり、やっぱり元の石が良いと取り戻したりと、とにかく卵石の話題ばかりである。

章三がいらないのなら、どちらかが二つもらっても良いのではないか。この様子では、きっとどちらであれ喜ぶのではないか。そう勝也は思った。

だが、昼食と休憩が終わって出発する段になると、二人は三つ目の石を岩の上に戻してしまった。

ようやく自分の石が分かった。

麻里も亜希彦も、そんな晴れ晴れとした顔をしている。だからなのか、もう三つ目の

石には何の興味も示していない。

このまま知らん振りをしよう。

二人の様子を窺いながら、勝也はそう決めた。

「山頂まで、もう少しだ。もちろん途中で休憩は取るけど、一回だけにするので、あとは頑張って登ろう」

勝也が発破をかけると、麻里だけでなく珍しく亜希彦も、「はい」と元気の良い返事をした。

「では、出発します」

やや足早に勝也は、岩のテーブルを離れた。さっさとこの場から立ち去りたい。それだけが彼の願いだった。

ところが、いくらも歩かないうちに、

「どうぞ」

真後ろから声がして、振り向くと章三が片手に載せた卵石を差し出している。

「あっ、それは……」

とっさに断る言葉が出てこない勝也に、

「どうぞ」

さらに章三が石を差し出す。

「……僕は、いいよ」

麻里たちには聞こえないほどの小声で囁《ささや》き、彼だけに見えるように片手を胸の前で振った。

「どうぞ」

しかしながら章三は、なおも石を差し出してくる。

「いや、だから僕は、いいって……」

「どうぞ」

と言いながら章三が、ゆっくりと顔を上げた。

……目と目がはじめて合った。

片目の瞳孔が異様に大きい。いわゆる黒目の部分である。その周囲の虹彩と、そのまた周りの強膜、つまり白目の部分がほとんどない。真っ黒な瞳孔だけが、大きく広がっている。もう片方の目はまったく逆で、瞳孔と虹彩を合わせても点くらいの大きさしかなく、あとは強膜だけの真っ白な目だった。

片目だけが異様に黒い……。

それは間違いないのに、左右どちらの目なのか、どうしても分からない。白いと見えたはずの片目も同じである。

「どうぞ」

ずいっと差し出される卵石から無理に目を逸《そ》らすと、ぽっかりと口を開けた隧道の如き道と、そこから平らな岩まで広がる草地が目に入った。草地には勝也たちが通った跡が残っている。そのうち三人分は普通だったが、一人だけ明らかに変だった。

まるで一本足で歩いたような……。

「どうぞ」

ぬっと差し出される卵石に目を落としているうちに、勝也の頭は混乱しはじめた。

色々な疑いや考えが、次々と浮かんでは消えていく。

岳は土産の石を、どうして隠された道の先に置いたのか。我々がそこへ足を踏み入れると、なぜ彼には分かったのか。

新ルートで出会った山友達を、どうして岳は誘わなかったのか。

もし岳が今回の登山に予定通り参加していたら、特急の座席が足りなかったのではないのか。

それとも岳は、その友達を誘ったのか。

そして岳の代わりに、彼は来たのか。

彼とは山居章三なのか。

岳のお気に入りの場所のひとつが、「音ヶ碑山でしたから……」と、あのとき章三は過去形で言わなかったか。

神社の鳥居を潜《くぐ》ってお参りせずに、章三は最初から石碑の横にいたのではないのか。岳は今、いったい何処にいるのか。

「どうぞ」

なおも差し出される卵石を、目の前の恐怖から逃れたい一心で、勝也は受け取ってしまった。ただ、その後の記憶がかなり曖昧で、どうにもよく分からない。

予定の時間より大幅に遅れて、山頂に着いたことは覚えている。まずは黒日神社の奥宮にお参りしたのだが、山居章三の姿が見えないことに、そこで勝也はようやく気づいた。

ところが、岬麻里も白峰亜希彦も、そんな奴《やつ》は最初からいないと否定した。岳が不参加になったので、三人で来たというのだ。その証拠に特急券が一枚、無駄になっているではないか、と亜希彦に呆れられる始末だった。

そんな……。

とても信じられなかったが、二人が嘘を吐《つ》いている様子は少しもない。亜希彦独りならまだしも、麻里まで同じことを言うのである。

はっと我に返って卵石のことを訊くと、二人とも得意気に取り出して、お互いが掌の上で楽しそうに転がしはじめた。それを勝也は素早く奪うと、自分の分と合わせて遠くに放り投げた。

「おい！」

「何するんですか！」

二人は烈火の如く怒ったあと、石を捜しに行こうとした。それを勝也が必死に止めていると、山を下るバスが発車の合図を鳴らしたので、半ば無理矢理に二人を乗車させた。もちろん勝也も二人のあとから乗り込んだ。

午後の早い時間だったので、それほどバスは混んでいない。にも拘らず二人は、勝也とは離れた座席を選んだ。完全に怒っているらしい。取り敢《あ》えずこの山から離れられれば良かったので、彼も好きにさせておいた。

あいつは、いったい何だったんだ？

ともすれば山居章三のことを、勝也は考えそうになった。だがバスに乗っているとはいえ、まだ山中にいるのだと思うと、急に怖くなってきた。

この山を出るまで、頭は空っぽにしておこう。

だが、まったく何も考えないというのは大変である。そのため麓の眺めが目に入った瞬間、ほっとすると同時に、どっと疲れも勝也は感じた。

そのとき急に、なぜか胸騒ぎがした。理由は見当もつかない。ただバスが走るに従い、どんどん不安になっていった。忌まわしい山から離れているのに、どうしてそんな思いに囚われるのか分からない。

まさか……。

慌てて衣服のポケットを探り、リュックの中を検《あらた》めると、あの卵石が見つかった。二人の石と一緒に、確かに投げ捨てたはずの石が、リュックの底に入っていた。

急いで窓を開け、石を外に放り投げる。二人にも注意しようとしたところで、バスが山の領域から出たことを、とっさに勝也は察した。もちろん境界線が見えたわけではないが、恐らく間違ってはいないだろう。

二人とはS駅まで一緒に帰ったが、途中いくら話しかけても、一言も応えなかった。そのため二人にも石が戻ってきたのかどうか、到頭分からず仕舞いだった。

翌週、二人からほぼ同時に、携帯にメールが届いた。用件は、雨知の音ヶ碑山に登ろう――という誘いだった。

〈山居章三君が案内してくれます〉

勝也は返信せずに、二人のメールを受け取り拒否に設定した。だから、その後の二人のことは何も知らない。ただ、行かなかった勝也の代わりに誰かを誘って、また四人であの山に登ったのではないか……という気がしてならなかった。

岳将宣には何度も連絡を取ろうとした。しかし携帯は繫《つな》がらず、バイト先で無理に教えてもらった集合住宅の部屋は、いつ行っても留守だった。郵便受けには新聞が溜《た》まって、最近のものは外まで溢《あふ》れており、もう長いこと岳が帰っていない事実を物語っていた。実家の連絡先をバイト先で尋ねたが、そこまでは知らないと言われた。

奥山勝也は大学を卒業して、東京で就職した。あれ以来、誰にどれほど誘われようと、山とその周辺には絶対に行かないようにしているという。

「登った先の山中で、ひょっこり誰かに出会ったらと思うと……」

もう恐ろしくて行けないということらしい。

＊

本稿を書き上げたあと、担当編集者と電話で話す機会があった。そこで僕は、この話に登場する山居章三について、ある解釈を口にした。すると編集者が面白がってくれて、ぜひ書き加えて欲しいとお願いされた。そこで蛇足を承知で、その解釈を以下に記しておく。

山居章三の〈山居〉を同音の〈病〉と見做し、それを〈疒〉と表したうえで、〈章〉と合わせると〈瘴〉になる。残る〈三〉を同音の〈山〉と見做し、二つの漢字をひっくり返すと〈山瘴〉になる。

山瘴《さんしょう》とは、山が持つ毒気や山中の悪い空気のことを指す。

屍《しかばね》と寝るな

ひよっこ編集者だった二十代の半ばごろ、《医療と宗教を考える叢書《そうしょ》》というシリーズ書籍を担当したことがある。自分の企画ではないため本は所有しておらず、もちろん当時の資料も残っていないので不確かではあるが、ほぼ以下のようなものだったと記憶している。

我が国では交流の少ない医学界と宗教界の現場から、それぞれ有識者を招いて講演をしてもらい、臓器移植や終末医療などの難しい問題を広い視野で考えようという趣旨の会があった。その講演録の書籍化をD出版が行なうことになり、編集担当者として僕が指名された。毎回新たなテーマを取り上げ、講演者の顔触れを考慮しつつ、四つの講演を一冊に纏《まと》める。それが基本的な構成だった。僕は一冊目から四冊目までを担当し、別の者が五冊目と六冊目を出したはずだが、その後どうなったのか。会の活動が消極化したのか、D出版が手を引いたのか、いずれにせよ不活発になっていったのだと思う。

僕は講演のテープ起こし原稿に目を通すだけでなく、実際の講演会にも足を運んだ。

そこで強く感じたのは、皮肉にも医学界と宗教界の「隔絶」だった。それまで交わることが極端に少なかったからこそ、そのような会が誕生したわけで、発足の意義は非常に大きかったと今でも感じている。

　しかし、病院という現場で毎日のように人の生き死にと接している医療従事者と、その人が死者になってから関わりを持つ多くの宗教者とでは、講演で口に出る言葉の重みが全然違っていた。前者が実際の症例を取り上げつつ具体的に述べるのに対して、後者は己が信心する宗教の思想を語りつつ抽象的に喋《しゃべ》ることになる。当たり前と言えばそうだが、両者の講演を交互に聞いていると、後者の言葉が何とも虚《むな》しく感じられた。

　ちなみにその会では、特定の宗教だけに限って講演を依頼することはなかった。とはいうものの仏教とキリスト教の、各派が主となっていたのは間違いない。そんな中で最も空虚に聞こえた講演のいくつかが、仏教系の人たちのものだった。「葬式仏教」と揶《や》揄《ゆ》されながら、多くの関係者は檀家《だんか》制度の上に胡坐《あぐら》を搔《か》いてきたのだから、まぁ無理もない。医療と宗教を考える講演で、いきなり実のある話をしてくれと言われてもできないだろう。その点、キリスト教系の講演者は違った。彼らにはホスピスの歴史があったからだ。

　ホスピスの起源は、中世ヨーロッパの旅籠《はたご》を兼ねた地方の小さな教会にまで遡る。そこに泊まった旅人で、病気のために旅を続けられなくなった者を看護したのが、はじまりとされている。そういう施設がやがてホスピスと、また無私の精神で看護に当たる聖職者の行為がホスピタリティと呼ばれるようになり、そこからホスピタル（病院）の言葉が生まれたという。今日ではターミナルケアを行なう施設、または在宅での終末期の看護のことを、ホスピスと呼ぶようになっている。

こういう実績があるため、キリスト教系の講演者の場合、宗教的な思想の話に、実際の症例が当然のように絡んでくる。どれほど心を打つ優れた教義を聞かされるよりも、これは説得力があった。人が生きるか死ぬかの現場に身を置く宗教者ならではの苦悩と矜持《きょうじ》が、恐らく彼らにはあるからだろう。

このホスピスについて、仏教系の関係者から愚痴めいた話を聞かされた覚えがある。神父や牧師が病院に出入りしても何も言われないが、坊主頭で僧服の我々が出向くと、「いったい誰が死んだのか」と騒がれるので困る、というのだ。だが、そういう状況を作り上げたのは、まさに葬式仏教と化した仏教界そのものの責任ではないのか。本来、寺とは常に門戸を開いて、訪れる者は誰であれ受け入れ、話を聞いてくれる場であったはずだ。それが門を固く閉ざし、死者が出たときにしか開かないようになる。これでは医療と宗教を考える講演会で、為《ため》になる話などできようはずもない。

念のために断っておくが、絶対的な存在とされる「神」を信仰するキリスト教よりも、人間も「仏」になれるのだと説く仏教の方に、僕はより親しみを感じている。ただ、それと本稿に記した問題とは別である。

もっとも仏教系の関係者の中にも、この憂うべき現状を何とかしようと考え、行動を起こす人たちはいた。ビハーラの活動がそうである。ビハーラとはサンスクリット語で僧院や休養する場所を意味し、それが仏教ホスピスを指す言葉となった。医療と宗教を考える講演会が開始される三年ほど前から活動がはじまっているので、まさにタイムリーだった。ビハーラ以外にも、いかに医療現場と関わるかを考える若手の僧侶たちの取り組みも、確かあったと記憶している。

しかし、その後ビハーラの活動が仏教界に広まったかというと、残念ながらそうでもない。実は当時、何冊目かの書籍のテーマが終末期の看護となったため、サブタイトルを「ホスピスとビハーラを巡って」にしようとして、キリスト教系の講演者から強く反対された覚えがある。要は「両者では歴史も実績も違い過ぎるのだから、一緒にするな」ということらしい。そのときは「なんと狭量な」と思ったものだが、今になって振り返ると理解できる気もする。

こんな話から本稿を起こしたのには、ちゃんと訳がある。この春に、奈良市立若草中学校の同窓会が――クラス会ではなく学年全体の会が――あり、懐かしい顔触れが集まった。ちなみに本校は、拙作『作者不詳』の中に「緑葉中学」と名前を変えて、怪異に追われた主人公が逃げ込む場所として登場させている。

関西を離れて年月の経《た》つ僕にとって、同窓会は数十年振りに会う者が多く、色々と楽しい一時を過ごせたのだが、中でも三年生のクラスで同じ班だったKとの会話が印象に残った。

当時は太っていたのに、今ではほっそりとした彼女は、僕が作家になったことを知るや否や、

「やっぱりな。三津田君は、きっと作家になると思ってたんや」

自信満々にそう言ったので驚いた。

「なんで？」

びっくりして聞き返すと、班ノートに書き込む僕の話題のほとんどが、ミステリの話だったかららしい。

班ノートとは、同じ班に属する五、六人の間で回す交換日記のようなもので、一週間に一度くらいの割合で回ってくる。そこには何を書いても良く、班のメンバー以外は、教師も含めて誰も目を通さないという暗黙の了解があった。言わば班員たちの親睦を深めるツールだった。

そのノートに僕は、飽きもせずにミステリのことばかり——それも生まれてはじめて執筆した『緑の館殺人事件』について——熱心に書き込んでいたという。だから作家になるだろうと考えるのは短絡的かもしれないが、「良かったやん」と喜んでくれるKを

見て、なんだか僕も嬉《うれ》しくなってしまった。彼女の言葉が、心からのものだと感じたせいだろう。

　卒業後のお互いの人生を掻い摘《つま》んで話すうちに、Kが元看護師だったと分かり、そこから《医療と宗教を考える叢書》の話題となった。そして会が終わりかけるころには、彼女の入院中の母親と同室になった奇妙な老人の存在に、僕は好奇心を掻き立てられていたのである。

　Kの母親は、市内のS病院の療養病棟に入院していた。その名称とは裏腹に、もはや快復して自宅に戻れる望みがまったくなく、少量の流動食を経口する以外は、点滴だけで余命を保っている状態だった。見舞いに行くと寝ていることが多いが、彼女が声をかけると、目を覚まして少しは話すらしい。しかし何を喋っているのか分からない場合が、日増しに多くなっていた。そのうち口から食べられなくなり、声が出ず、目を開いていても娘を認識できず、やがて寝たままになったとき、点滴を外すかどうかの判断をしなければならないと、Kは顔を曇らせながら言った。

　かつては栄えていたものの、今ではすっかり廃れてしまった商店街の中に、S病院はあった。そのため他の店舗と同じように建物が古く、どうにも侘《わび》しい雰囲気が漂っている。おまけに院長が傲岸不遜な態度を取るので、とても信頼する気になれない。最初に入院した市立病院は、設備もドクターも看護師も素晴らしかったので、安心して任せられた。だが、このS病院への転院を決めたのは、その市立病院のドクターである。Kとしては複雑な心境らしい。

そんな彼女の話を聞いて、僕は小学校時代のある出来事を思い出した。商店街の近くの小学校の児童が、盲腸の手術をS病院で受けて死亡した。ある日、そんなニュースを学校で知らされた。実際の死因が不明なため迂闊《うかつ》なことは言えないが、「盲腸の手術で患者を死なすなんて、S病院は藪《やぶ》医者だ」という噂《うわさ》が、たちまち児童たちの間で広まった。その記憶が蘇《よみがえ》ったのだが、もちろんKには言えない。当時とはドクターも入れ替わっているだろうが、今の院長の印象を聞く限りでは、まったく何も変わっていないようでもある。ただでさえ病院に不信感を持っているKに、これ以上の不安を与えるのは気の毒だった。

S病院の療養病棟には似たような患者が多いせいか、いつ見舞いに行っても森閑としている。二人部屋の病室には当初、母親しか入っていなかった。よって夜などKがベッドの横に座っていると、自分たちしか建物内にはいないような気がして、ふっと怖くなる。それでも時折、何処《どこ》からともなく声が聞こえてくるのだが、これがなんとも無気味らしい。

「……助けて、……助けて、……助けて、……助けて」

ある夜は、そんな女性の微《かす》かな叫びがしばらく続き、また別の夜には、

「……厭《いや》や、あれが来る。……会いとうないのに、あれが来る」

という男性の呟《つぶや》きめいた囁《ささや》きが耳を打ち、ぞっとしたという。

Kも元看護師のため、少々のことには動じない。だが、どうにも勝手が違う気がした。ただし彼女はその違和感の原因を、自分の母親に求めた。いかに元看護師でも、入院しているのが肉親となると別だろう。ちょっと神経質になっているだけだと、彼女は冷静に考えた。

見舞いは午後一時から八時までと決まっていたが、病院から何も言われないのを良いことに、午前中に一度と夜に一度、一日に二回は行くようにしていた。

Kは専業主婦で、子供は二人いたが、どちらも手がかからない年齢だった。役所勤めの夫は、母親の見舞いに理解を示してくれている。そのため彼女も、ある程度は自由に時間を使えた。

ある夜、いつも通り病室を訪れると、母親の名札の横に、「鹿羽洋右《ろくばひろう》」と記された札がかかっていた。どうやら同室者ができたらしい。普通なら、これまで個室として使えたのにと残念がるところだが、Kは違った。動物好きの母親の一番のお気に入りが、奈良公園でも有名な「鹿」だったからだ。その漢字を名字に持つ人が、同室になったのである。これも何かの吉兆だと、彼女は捉えることにした。

そっと扉を開けて入ると、昨日までは空いていた右手のベッドに、八十前後に見える老人が寝ている。しかも両目を開いていたので、すぐにKは挨拶をした。

「こんばんは。お隣のベッドの、Kの娘です。仲良くしてやって下さいね」

ところが、まったく何の反応も示さない。両目は開けたままだが、そもそも彼女の存在を認めているのかどうか、それさえも分からない。ただただ虚空を凝《じ》っと眺めているだけである。

母よりも重いんやわ。

そう思ったKは、慌てて目を逸《そ》らした。その老人を見詰めていると、近い将来の母親の姿が重なりそうになり、急に辛《つら》くなったからだ。

二つのベッドは、各々の側面が左右の壁につけられている。ベッドの頭と窓の間には、それぞれ収納棚と丸椅子が一つずつある。Kが常に補充している大人用のおむつやティッシュの箱は、その棚の中に仕舞われていた。一つだけある椅子は、もちろん見舞い客用である。

ベッドとベッドの間は、二人がお互い横向きになって、ようやく擦れ違える幅しかない。老人が同室になるまでは何も感じなかったのに、その狭さがとたんに気になり出した。できるだけ母親のベッドに接するようにと、Kは何度も椅子の位置を直してしまったほどだ。

やがて背後の老人よりも、目の前の母親に意識が向きはじめた。その夜の母はKが入室したときから、ずっと眠ったままだった。いつもなら娘の気配を感じて、遅かれ早かれ目を覚ますのに、一向に起きる様子がない。それどころか、まるで悪夢を見ているかのように、顔を歪《ゆが》めて苦しそうにしている。

まさか、体調に異変でも？

これまでには見受けられなかった状態なので、彼女は心配した。だが元看護師の経験から見ても、そうは思えない。本当に怖い夢を見ているだけかもしれない。

「お母さん、大丈夫？　私よ」

母親の痩せ細った肩に手をかけて、静かに揺する。何度もそうしているうちに、次第に母親の表情が和らぎはじめたので、Kはほっとした。

そう言えば幼いころ、恐ろしい夢に魘《うな》されていると、母親が蒲団《ふとん》の上から優しくぽんと叩《たた》いて、「お母さんがいるから、もう平気よ」と宥《なだ》められたことを、彼女は唐突に思い出した。それが今では逆になってしまった。何とも言えぬ気持ちを覚えていると、ぼそぼそと何処かから声が聞こえてきた。

また別の病室の患者か。

最初はそう考えたが、そのうち問題の声が、自分の背後からしているらしいと分かり、びくっとした。ゆっくり振り返ると、顔を横に向けた老人の両目が、はったとKを見詰めている。先程の虚《うつ》ろな眼差《まなざ》しではない、明らかに彼女を認めている光が、その双眸《そうぼう》に輝いていた。

「……こ、こんばんは」

とっさに挨拶をしたKにお構いなく、老人は喋り続けている。彼女に話しかけているのは間違いないのに、肝心の内容は珍紛漢紛だった。確かに口調には不明瞭なところもあるが、決して聞き取れないほどではない。でも、どうしてそんな話を見ず知らずの彼女にするのか、それが分からなかった。

認知症かな。

ひょっとすると老人は、Kを誰かと間違えているのかもしれない。この場合は思い込んでいるというべきか。いずれにしろ自分の知り合いに、きっと彼は喋っているつもりなのだろう。

しかし、そんな風に解釈しても、なぜかKは納得できなかった。こちらを凝視しながら話す老人を眺めれば眺めるほど、どうにも居《い》た堪《たま》れない気持ちになる。この妙な感覚は何だろうと、彼女は思わず首を傾《かし》げた。

……違和感。

ふいに、そう悟った。まったく理由は分からないが、目の前で喋り続ける老人に、何らかの違和感を覚えるらしい。

相手が自分の話に興味を持ったとでも思ったのか、老人の語りが熱を帯びはじめた。

さらに饒舌《じょうぜつ》に、何かを伝えようとしている。ただ皮肉にも、その熱心さが早口となって表れたために、ほとんど聞き取れなくなってしまった。

「落ち着いて、もっとゆっくり」

つい声をかけたのは、やはり元看護師だったせいだろうか。

こうしてKは行きがかり上、老人の話に耳を傾ける羽目になった。母親の見舞いと看護が最優先なのは言うまでもないが、それ以外は隣人の語りを聞く日々が続いた。仮に今日は聞きたくないと思っても、相手が勝手に喋るのだからどうしようもない。母親の起きている時間が次第に短くなり、それに反比例して彼女が長く病室にいるようになったことも、この奇妙な聞き取りを後押しする形になっていた。

当初は何を言っているのか――話の内容は理解できるにしても――相変わらず不明だった。まったく時系列を無視して、出来事の断章をバラバラに聞かされている。そんな感じである。

とはいえ行っては戻りを繰り返し、同じことを何度も口にする老人の語りを聞き続けるうちに、少しずつ全体像が見えはじめた。

この人が子供やったころの、昔の体験を喋ってはるんやわ。

何歳のときの出来事かはっきりしないが、なんとなく十歳くらいではないかと中《あた》りをつけた。もっとも彼が言いつけられた用事から考えると、もう少し年上だったかもしれない。とにかく老人は七十年ほど前の子供だったころに戻り、「僕」の一人称で、当時のある体験を喋っているらしい。

この簡単な事実になかなか気づけなかったのは、その語りが完全に子供時代の彼のものだったのに、それを目の前の八十前後の老人の今の話として、当初は受け取っていたせいである。

違和感の正体は、これ？

納得しかけたのも束《つか》の間《ま》、またしてもKは、妙な歪《いびつ》さを覚えた。問題の違和感は解消されるどころか、逆に強まった感じさえする。

違うの……。

いつしか彼女は、老人を薄気味悪く思うようになった。そもそも名前の他は、まったく何も知らない。朝と夜の二回、それまで通り病室を訪れているのに、一度として老人の親族や見舞い客と会ったことがないのも変だった。毎日同じ時間に来ているわけではない。日によっては一、二時間ほど前後することもある。それなのに、いつ来ても誰もいないのは、あまりにも可怪《おか》しくないか。それとも老人は、天涯孤独の身の上なのだろうか。

顔見知りになった看護師にそれとなく尋ねても、言葉を濁すばかりで何も教えてくれない。個人情報のため当たり前と言えばそうだが、まるで別の事情がありそうに思えてならない。

気味が悪いといえば、老人が受けている点滴の減り具合が、異様に早いこともそうだった。同じ五百ミリリットルの点滴でも、患者の状態によって滴下速度は異なる。その事実を彼女も理解していたが、それにしても異常なほど早い。交換に来た看護師に、思い切って点滴のことも訊《き》いてみたが、やはりはぐらかされた。

そして何より気味が悪いのは、老人が繰り返す話の内容だった。どうして彼は、あんな体験ばかりを喋りたがるのか。それも見ず知らずの、まったく赤の他人のKに。たまたま同室になっただけの、隣のベッドに寝ている患者の娘に。

もっとも老人は、時にKの存在さえ認めていないようにも見えた。それを言うなら、自分がS病院の病室のベッドに寝ていることすら、少しも分かっていない可能性があった。それでも喋ることを止《や》めないのは、半ば惚《ぼ》けてしまった頭の中で、子供のころに遭遇した恐ろしい出来事を、繰り返し追体験しているせいなのかもしれない。その証拠に、しばしば助けを求める言葉を口にした。だからこそ彼女には、余計に忌まわしく感じられたのだろう。

しかし、いかにKが厭《いと》うても、病室から老人を追い出すことはできない。母親を別室に移すのも、正当な理由がないと無理である。かといって転院させるほどの問題でもない。老人に薄気味悪さを覚えるのは母親ではなく、彼女なのだから。

……ほんまにそやろか。

謎の老人が同室になってから、母親の容体は明らかに悪化している。まず目覚めている時間が減った。たまに起きていても、意思の疎通を図ることが難しい場合が多い。常に何かに怯《おび》えているようにも映る。かといって寝ていると、絶えず悪夢を見ている気配がある。この急な変化と老人の間には、何か関係があるのではないか。

Kの不安は日毎《ひごと》に膨らんでいった。さすがに元看護師だけあり、自分の疑いに対して「そんな阿呆《あほ》な……」と自ら突っ込む気持ちもあった。しかし、その一方で元看護師だけに、人間の理性では計り知れない不可思議な経験も、実は少なからずしてきている。それに何より、あの老人はあまりにも可怪しい。変である。

同窓会でKと会ったとき、かなり不安定な精神状態に、ちょうど彼女は陥っていたところだった。

僕は見舞いの言葉を述べつつも、同室の老人には少なからぬ興味を持ったことを正直に伝えた。てっきり怒られるかと思ったが、逆に彼女は安堵《あんど》の表情を浮かべた。

「一度だけ夫に話したけど、相手にされんかった。そんな気の毒な老人を、まるで死神か何かのように言うて――って、えろう非難されたわ」

「まぁ常識的な反応やろうな」

僕の言葉に、すかさずKは苦笑した。しかし、そこから彼女は驚くような提案を口にした。

「小説の材料になりそうやったら、あのお爺《じい》さんの話、もっとちゃんと教えてもええけど、どうする？」

もちろん僕に異存はなかった。ただし、同窓会のあとはお互いに時間の都合がつかないので、後日メールでやり取りすることにした。

それから一週間ほどが過ぎたころ、Kからメールが届いた。簡単な挨拶と共に、テキストの添付ファイルが送られてきた。それを開くと、老人から聞き取った話が、ほぼ時系列に並べ直して纏められている。ただ、それだけでは前後の文章が繋《つな》がらない箇所もあるためか、合間に彼女の補足が書き込まれていて、僕は素直に感心した。何十時間も老人の相手をしているうちに、その言外の部分までどうやら想像で補えるようになったらしい。

Kのテキストを基に、僕らは何度もメールのやり取りをした。その中で大いに迷ったのが、当時の老人の年齢だった。十歳という彼女の見立ては、やや幼過ぎる気がした。少年が担わされた大切な用事に鑑みると、少なくとも十四、五歳ではないか。だが、そうなると今度は逆に、年齢の割に幼い言動が目立つという矛盾が出てくる。結局どうにも決め切れなかったが、当時の——恐らく昭和十年代の——十歳は、今の同年齢よりも精神的にしっかりしていたと考えれば、強《あなが》ち無理ではない見当だったかもしれない。

老人の語りには多分に説明不足が目立ち、どれほどKが補足しても、一つのお話として纏めるには、なかなか難儀だった。それを愚痴ると、すぐに彼女から返信があった。

〈そこは作家の豊かな想像力で、いくらでも対応できるんやないの〉

豊かかどうかは怪しいが、そうすることにした。いかに他人の実体験であれ、作家が小説化した時点で、そこには多かれ少なかれ創作が入り込むものである。

最後に残った問題は、どう考えても意味の分からない言葉の扱いだった。老人の喋りが明確でないことを差し引いても、何度も耳にしながら依然として不明なものが、いくつか存在した。

そのうち最も気になったのが、「けいたい」である。しかしながら形態、敬体、携帯と考えたが、どれも当て嵌《は》まりそうにない。その前後に「持っていない」とか「ない」とか口にしているようなので、身につける携帯の意味かと思われたが、いったい何を携帯していないのか、肝心な部分が謎だった。それに子供が何かを持っていないことを、「携帯していない」などと表現するだろうか。老人が子供時代の自分に戻って喋っているらしいことは、まず間違いない。そうなると形態も敬体も携帯も、すべて却下せざるを得なくなってしまう。

ひょっとすると「けったい」や「けたい」の聞き間違えかと疑ったが、脈拍が不規則となり時折止まる結滞も、怠けることの懈怠も、やはり子供が使いそうにはない言葉である。

ここで有力視されたのが、関西の方言で変梃《へんてこ》を意味する「けったい」だった。けったいな表情、けったいな仕草、けったいな言い回し、などという使い方をする。老人の出身地は不明だが、病院が奈良にあることを考えると、関西人の可能性が高いのではないだろうか。

ただしこの解釈でも、けったいな何を彼は持っていなかったのか——という肝心な謎が、そのまま残ってしまう。

こうなると考えられるのは、特定の地方に伝わる風習などの用語ではないか、という見立てである。少年が与えられた用事と、彼の祖母の言動から推察して、この解釈は充分に有り得そうだった。ただ残念ながら少し調べた限りでは、該当しそうな言葉が見つからない。せめて地方の名称でも分かれば、また別の調べようもあったのだが、老人の話に具体的な地名が出ることは皆無だった。

いや、たった一つだけ、地名ではないかと思われる単語が存在した。

にゅるうす。

もちろん正確な発音も表記も不明である。Kの聞き取りでは、こう聞こえたというに過ぎない。これも少し調べてみたが、完全にお手上げだった。似た地名さえ見つけることはできなかった。そのため外国ではないかと一時は疑ったが、少年の用事がそれを否定している。

Kと話し合った結果、どうしても意味の摑《つか》めない言葉や表現は削除することにした。それらを無視しても、老人の話の再構成には何ら問題ないと判断できたからだ。

こういった老人の体験談を巡る様々な検討は非常に刺激的で、とても僕を興奮させた。しかし、それが手詰まりとなったことを、そろそろ認める時期が来ていた。そう彼女に伝えると、これまでに纏めた語りを基にして小説化するだけでも、充分に気味の悪いお話になるのではないか、という返事があった。

そこで以下に、僕が書き上げた老人の奇妙な話を披露したいと思う。

実は執筆する過程で、一つの仮説が浮かんでいたのだが……それは後述するとしよう。あまりにも荒唐無稽な解釈で、きっとKも受け入れられないのではないか、と危惧したためである。

いったい少年は何を体験したのか。どうか読者もいっしょに考えて欲しい。

＊

少年が目覚めると、母親と祖母の様子が可怪しかった。彼が午睡をしている間に、どうやら訃報があったらしい。遠方の親戚の家で、誰某《だれそれ》が亡くなったという。

ただし少年が理解できたのは、それだけである。不幸があった家も死んだ人物も、彼には馴染《なじみ》が少しもない。まだ子供だったせいもあるが、普段から両親も祖母も親戚との付き合いを嫌っていた。仮に何か用事ができた場合も、いつも自分たちだけで片づけていた。そのため彼は、ほとんど親戚の人たちを知らなかった。

そう言うと友達の多くが、目を丸くして驚いた。日頃から親戚と交流がないのは分かる。けれど、どんな人がいるのかさえ知らないのは、ちょっと変だというのだ。しかし少年の家では、それが昔から普通だった。そのため彼も今日まで、少しも気にしなかった。今回の訃報も両親が対応するものと、てっきり思っていた。

ところが、父親は出張中ですぐには戻れず、母親は風邪のため高熱を出していた。祖母は数日前に外出先で転倒して捻挫した右足首が、まだ完治していなかった。つまり大人は誰ひとり、通夜にも葬儀にも出られない状態だった。

よって、当家の事情を先方に伝えて、それですませるものと少年は思った。これまでの親戚との付き合いを振り返っても、そうするのが当たり前な気がした。

だが、意外にも違った。母親は祖母と内緒話をしたあとで、とんでもないことを言い出した。

「あんた、香典を持って、向こうの家に行ってくれるか」

少年にとっては、はじめて存在を知る親戚である。それに彼は、学校の遠足を除くと遠出をしたことがない。

しかし母親は、少年の不安など他所《よそ》に続けた。

「お祖母《ばあ》ちゃんも、お父さんも、お母さんも行かれん理由は手紙に書いとくから、それを香典と一緒に、先方へ渡すだけでええからな」

「二つとも送ればええやん」

まったく見知らぬ家に、しかも遠方の地まで、自分独りで行くことを想像して、思わず彼はそう返した。

「それがなぁ」

とっさに母親は、後ろに控えていた祖母を振り返り、そこで眼差しだけの会話が交わされたように、彼には見えた。

「そういうわけにはいかんのや」

結局、何も変わらなかった。むしろ子供には言えぬ大人の事情があるのだと、逆に少年が察する羽目になってしまった。

「ちょっと遠いけどな、あんたもそれくらいの用事、もうできるやろ」

力なく項垂《うなだ》れる彼の様子を、承諾の印と受け取ったのか、さっそく母親は手紙を書き出した。

……えらいことになった。

少年が沈んだ気分でいると、祖母に小声で囁かれた。

「お祖母ちゃんの部屋にお出《い》で」

招かれるままに行くと、おもむろに祖母が狐狗狸《こっくり》さんの準備をはじめたので、彼はどきっとした。

白紙の中央に簡単な鳥居を描き、その左右に「はい」と「いいえ」を記して、左斜め上から時計回りに五十音を書き込む。あとは鳥居の上に硬貨を置けば、それで用意はもう整う。

人生の節目や大切な行事の前に、祖母は必ず狐狗狸さんを行なった。そのお蔭《かげ》で何度も助けられたという。その不可思議な話は何度も聞かされていたが、少年の印象に一番残っているのは、小学生だった父親が九州へ修学旅行に行く際に受けた、謎のお告げについてだった。

ねことのるな。

素直に解釈すると、「猫と乗るな」になるか。九州までは電車を使い、現地ではバスに乗る予定になっている。しかしバスは貸し切りのため、そこに猫がいるとは思えない。となると電車の一般乗客の中に、猫を連れている人が乗っているのかもしれない。

そのため父親は電車に乗るや否や、すべての車両を見て回ったらしい。だが、猫が入れられていそうな籠など、まったく見当たらない。九州に着いて乗ったバスにも、同じく何の異常もなかった。

今回ばかりは外れたんかな。

それまで緊張の連続だった父親が、ようやく少し安堵しかけたときである。二台目のバスに乗り換えるところで、ふと運転手の名札が目に留まった。

根子勝之。

「な、何て読むんですか」

声を震わせながら尋ねると、運転手は笑って答えた。

「植物の根に、子供の子だから、そのまま『ねこ』って読むんだよ」

父親は急に気分が悪くなった振りをして、いくら教師に宥められても、そのバスには頑として乗らなかった。結局、あとから出発する他の組のバスに乗せてもらうことになった。

先に出た父親の組のバスは、運転ミスにより途中の崖から転落して、児童の多くが重軽傷を負う事故を起こした。もし父親が乗っていた場合、その座席の位置から重傷だったに違いない——下手をすれば死んでいた——と言われたらしい。

この話は少年の心に、狐狗狸さんは恐ろしい……という強烈な意識を植えつけた。父親の命を救ったのだから、本来なら好ましいものと認識するところだが、そんな風にはどうしても思えなかった。

怖いお告げをするもの。

それが彼にとっての狐狗狸さんだった。できるだけ関わりたくない代物だった。ただでさえ苦手なのに、なぜ祖母が孫のために行なおうとしているのか、その理由が分からないのも不安だった。不幸があった親戚に、ただ手紙と香典を届けるだけなのだ。わざわざお告げを伺うほどの、大層な用事でもないだろう。

もちろん少年にとっては大事《おおごと》である。できれば行きたくない。だが母親も祖母も、そうは捉えていない。少し荷が勝つ用事だが、それくらいの使いは大丈夫だろうと思っている。

にも拘《かかわ》らず祖母は、狐狗狸さんをやる気なのだ。矛盾していないか。

鳥居に載せた硬貨の上に、祖母が右手の人差し指を置き、彼にも同じようにしろと促した。はじめての経験なので戸惑っていると、「早《はよ》うせんか」と急《せ》かされる。仕方なく覚悟を決めて、恐る恐る指をつけた。そのとたん狐狗狸さんを招く文言が、室内に響きはじめた。

やがて、「お出で下さいましたか」という祖母の何度目かの問いかけに、すすすっと硬貨が「はい」へと動いた。その出来事に少年は物凄《ものすご》く驚き、とっさに腰を浮かしそうになった。

「あかん！」

すぐさま祖母に怒られ、びくっとする。

「狐狗狸さんがお帰りになられるまで、何があっても指を離したらいかん。ええな、分かったな」

その注意を、彼が充分に理解するまで待ってから、

「狐狗狸さん、狐狗狸さん、なにとぞ孫にお告げをいただけませんでしょうか」

と頼み出した。同じ言葉を何回も、呪文のように唱えはじめた。

ところが、いくらお願いしても一向に硬貨が動かない。それが祖母には信じられないのか、怪訝《けげん》な顔をしている。なおも狐狗狸さんに呼びかけていると、ようやく動いたのだが、
こ……わ……い。

平仮名の三文字を示しただけで、ぴたっと止まった。

「こわいとは、恐ろしいという意味でしょうか」

祖母の問いかけに、今度は素早く「はい」へと動く。

「いったい何が怖いのでしょう?」

そう続けて尋ねたが、またしても硬貨は止まったままである。

祖母が根気よく同じ質問を繰り返し続けると、再び「こわい」の三文字を指し示す。

それでも祖母は諦めずに、同様の問いかけを何度もする。そのうち少年は狐狗狸さんよ

りも、祖母自身が恐ろしくなってきた。

どれほどの間、そんなやり取りが行なわれたのか。まるで根負けしたかのように突然、硬貨が新しい平仮名を示し出した。

し……か……ば……ね……と……ね……る……な。

「しかばねとは、死んだ人間のことでしょうか」

すかさず祖母が尋ねたが、あとは何を訊いても、いくら問いかけても、狐狗狸さんは答えない。ようやく硬貨が動いたのは、「どうぞお帰り下さい」と祖母が口にしたときである。

狐狗狸さんを終えたあと、祖母は考え込みながら、ぶつぶつと呟いた。

「屍《しかばね》いうたら、訃報のあった仏さんしかおらんやろ。せやけど、その仏さんとこの子がいっしょに寝るやなんて、そないなことあるわけがない」

などと言いつつ、凝っと彼の顔を見詰めている。それから急に、

「いやいや、まさか……」

恐ろしそうに首を振りながら、少年に田舎の葬式の仕来《しきた》りを教えはじめた。中でも彼がぞっとしたのは、湯灌《ゆかん》についての説明だった。

たいていの地方では遺体を布で拭くくらいで、それも葬儀屋がやってくれる。ただし昔の風習が伝わるところでは、様々な儀礼が執り行なわれる場合がまだあるという。例

えば通夜の晩に、親族が遺体の横で共に寝たりする。これから訪ねる親戚の家が、そうだとは限らない。仮にそんな習俗が残っていても、彼がする必要は何処にもない。だから心配はいらないと祖母は言ったのだが、では狐狗狸さんのお告げはどうなるのか。

少年が不安がっていると、

「とにかく仏さんを拝んだあとは、なるべく近づかんようにな」

祖母に真剣な顔で忠告された。

「通夜では一晩中、線香の煙を絶やさんように、仏さんの前で起きてたりするけど、それは向こうの家の者の役目や。あんたには関係ない。せやから大丈夫やとは思うけど、もし頼まれそうになっても、絶対に断るんやで。ええな」

屍と寝る……。

そんな状況になるとすれば、あとは線香の番をする者くらいだと、どうやら祖母は考えたらしい。

そこへ母親が、彼のリュックサックを持って現れた。すでに一泊分の着替えと、手紙と香典が入れてあるという。

「電車の乗り換えと、向こうの駅に着いてからの地図は、これに書いてあるから」

そう言って母親は、一枚の紙切れと交通費を少年に渡した。

「気をつけて」

「お告げを忘れんようにな」

母親と祖母に見送られ、彼は重い足取りで家を出た。

ただでさえ大役なのに、これが少年にとって初の独り旅だった。そこには無気味な狐狗狸さんのお告げまで、おまけについている。彼の歩みが鈍ったのも無理はない。

しかし、駅に着いて電車に乗り、次第に家から遠ざかるにつれ、なんだか気分が高揚してきた。まだまだ緊張しているものの、それがなぜか心地好くも感じられる。あまり馴染のない駅へ電車が向かっていることも、さして不安ではない。むしろ大いに冒険心を刺激された。

この心境の変化は、大きな駅で電車を乗り換え、地方の駅に着いて、なんとも古びた車両に再び乗り換えて、その電車が物淋《ものさび》しい田舎の風景の中を走り出すまで、なんとか持続した。だが、そこからが駄目だった。

電車の座席は二人掛け用の椅子が向かい合わせになった横座席で、少年が一度も座った経験のない形式だった。そんな些細《ささい》なことが、まず気になった。指定席でも何でもないのに、子供が独りで座っても良いのかと、妙に心配になる。席を選ぶときに見た限りでは、あまり他の乗客は目につかなかった。よって何処に座っても問題はないはずなのだが、なぜか落ち着かない。腰を下ろしてしまうと、同じ車両に乗っている人でも、少しも目に入らなくなる。通路を挟んだ向かいの席は無人のため、まるで自分独りしかいないように思えてしまう。

車窓から見える景色は、薄闇に覆われかけた低い山々と広い田畑ばかりである。先程まで照っていたはずの日の光は、もはや弱々しく輝くだけで見る影もない。あと数分で夕間暮《ゆうまぐ》れは終わり、夜の帳《とばり》が降りようとしている。目を向けるほどに、なんとも気が滅《め》入《い》る眺めだった。

それでも少年は、仕方なく窓の外を見詰めていた。他に時間の潰しようがなかったからだ。こんなことなら本でも持ってくるのだったと、別に読書好きでもないのに、彼は後悔した。

なおも少年が、ぼうっと車窓に目をやっていると、ふいに窓硝子《ガラス》に人影が映った。誰かが通路を歩いて来たらしい。しかし、その人は通り過ぎることなく、なぜか少年の座席の横で立ち止まっている。そうして彼を凝視している。

……えっ、何？

窓硝子に映る人影は、かなり高齢の老人に見えた。そんな人が、どんな用があるというのか。それとも何か、助けて欲しいのだろうか。

少年は振り返りかけて、わっと大声を上げそうになった。

目の前の席に、老人が座っている。

ほんの一瞬前まで、確かにその人は通路に立っていた。その姿が窓硝子に映っていたのだから、絶対に間違いない。にも拘らず彼が振り向こうとしたとき、すでに老人は目の前の座席に腰を下ろしていた。その横には名札のついた、とても使い古された旅行鞄《かばん》まで、ちゃんと置かれている。子供ならともかく、こんな年配者が、それほど素早く動けるはずがない。

少年が呆然《ぼうぜん》としていると、老人が妙な台詞《せりふ》を口にした。

「ほうっ、しんだか」

今の「しんだか」とは、「死んだか」という意味だろうか。もしかするとこの人は、これから訪ねる親戚の家の者で、彼を迎えに来たのではないか。

そう少年は考えかけたが、すぐに自ら首を振った。

不幸のあった家の人が、こちらに「死んだか」と確認するわけがない。かといって親戚の近所の住人とも思えない。そもそも彼の顔を知る者が、こっちにいるはずがないのだから。

このお爺さんは、いったい……。

何者なのかと怖くなった。そもそも何処から来たのか。停車した一つ前の駅を電車が出てから、もう随分と時間が経っているのに、今頃になって通路を歩いて来るのは変ではないか。それに車内は空《す》いているのに、なぜ少年の前にわざわざ座るのか。しかも訳の分からないことを喋り、うっすらと笑みまで浮かべている。

ちらちらと老人を見やりながら、少年は焦った。頭の変な人ならどうしようと怯えた。できれば席を移りたかったが、身体《からだ》が少しも動かない。まるで老人の眼差しによって、座席に串刺しにされたような気分である。

「なるほど。こっくりさんかぁ」

すると老人が、またしても妙な台詞を吐いた。

どう考えても「こっくりさん」は、「狐狗狸さん」だろう。となると家を出る前に祖母が執り行なった、あの狐狗狸さんのことだろうか。でも、どうしてこの老人が、そんなことを知っているのか。

きっとたまたまや。

頭の可怪しな老人が、意味もなく口にした言葉が、偶然にも今の少年の状況に合致してしまった。恐らくそうに違いないと、子供ながらに彼は捉えようとした。

ところが――、

「しんだもんといっしょにねるんは、そらいやなもんや」

と老人が三たびとんでもない台詞を口にしたため、少年は震え上がった。

これは狐狗狸さんのお告げの内容を言っているのではないか。ここまで気味の悪いほど一致すると、もうそうとしか思えなくなってくる。

でも、少年の親戚に不幸があったことも、家を出る前に祖母が狐狗狸さんをしたことも、そこでどんなお告げがあったかも、どうして老人は知っているのか。

もはや顔を上げていられなかった。視線を床に落としながら、彼は小刻みに身体を震わせた。

どうしよう……怖い、怖い、怖い。

助けを求めたかったが、周囲には誰もいそうにない。そもそも周りの座席を見回すことができない。ただただ俯《うつむ》いて、目の前の忌まわしい人物が、早く立ち去るようにと願うばかりである。

そんな少年の祈りを打ち砕くかのように、

「ねやんでもええように、どれ、わしがおはなしをしてやろう」

そう断りを入れてから、ねっとりとした口調で、なんと老人は昔話をはじめた。予想外の展開に彼は戸惑ったが、耳を塞ぐわけにもいかない。そのまま仕方なく、老人の語りを聞く羽目になってしまった。それは次のような話だった。

行商人が某村を通りかかったとき、こっちに向かって来る大きな葬列と出会《でくわ》した。ちょうど昼時だったので、すぐ側《そば》の大木の根元に腰を下ろすと、彼は弁当を食べることにした。そうしながら、とても長い野辺送りを見物しようと思った。

やがて葬列が通り過ぎ、弁当も使い終わったので、行商人は再び歩き出した。

それから一年後、行商の帰路に彼は某村を通りかかった。それはあの長い葬列と出会したのと、偶然にも同じ日の同じ時刻だった。

あの日と同じように、彼は大木の根元で弁当を食べていた。すると、いつの間にか目の前に若い女が立っている。しかも彼の顔を覗《のぞ》き込むようにして、

「ちょうど一年前、あなたはここで私を見送りましたね」

そう言って笑いながら抱きついてきた。

行商人は悲鳴を上げながら逃げたが、村外れの道祖神の前で、ぱったりと倒れてしまった。

しばらくして村人に見つけられ、近くの家へ運び込まれた彼は、これまでの経緯を話すと、そのまま息を引き取ったという。

老人は間を空けることなく、二つ目の話を喋り出した。

一人の男が隣村の葬儀に出かけて、その帰りの夕刻に低い山を越えていると、後ろから何かに尾《つ》けられている気配を覚えた。恐る恐る振り返ったところ、横に並んだ三人の小さな子供の姿が見えた。

こんな山の中で……。

と不審に思ったとたん、人間の子ではないと気づいた。

慌てて先を急いだが、相変わらず背後から尾いて来ているのが分かる。そのうち山道の右手からも、しばらくすると左手からも、同じような気配が伝わってきた。ちらっと

両横を見やると、どちらも森の中で小さな影が動いている。男の歩調に合わせるように、それらは樹木の間を移動している。

　後ろの三人のうち二人が、俺の横に回ったに違いない。

　そう察した男は、怖くて堪らなくなった。ちょうど下りに差しかかったこともあり、あとは全速で走った。

　ようやく麓まで駆け下りて、ほっとしたのも束の間、道の先で横に並んで歩く三人の小さな影が見えた。

　……先回りされた。

　恐ろしさのあまり、とっさに男は道端に落ちていた太い樹《き》の枝を拾うと、それで三人に殴りかかって行った。

　散々に打ち据えてから見ると、三人は村の老婆たちだった。男と同じく隣村の葬式に出た、その帰りだったのだ。

　男は老婆たち殺しの咎《とが》で、死罪になったという。

　老人は続けて、三つ目の話を語った。

　両親に子供が四人の一家が、馬車で親戚の葬儀に参列した。その帰路、田舎道をゆっくり走っていると、道の先を歩く白装束の巡礼姿の母娘が見えた。

　母親の衣服は汚れ、かなりの襤褸《ぼろ》になっているのに、娘だけは綺麗《きれい》だった。母親は顔に生気がなく、物凄く疲れているようなのに、娘だけは生き生きとしている。

妙だなと思いながらも気の毒に感じた夫婦が、二人を馬車に乗せようとした。しかし、子供たちが嫌がった。下の二人など泣き出す始末だった。そんな子供たちに夫婦は怒り、母娘のために場所を空けるようにと叱った。

母親は何度も頭を下げながら、馬車に乗ってきた。だが、娘は礼一つ口にしない。夫婦が行先を尋ねると、母親が「娘の行く方へ」と答えた。訳が分からず戸惑う夫婦に、母親は諂《へつら》うような笑みを返したが、娘は無表情のまま一言も喋らない。

やがて一家が住む村の手前まで来ると、急に母娘は馬車から降りて、何処へともなく去って行った。

娘が頭陀袋《ずだぶくろ》を置き忘れていたので、夫婦が中を覗くと、死装束の三角頭巾だけが大量に入っていた。なんだか気持ち悪かったので、それを夫婦は近くの雑木林に捨ててから帰ることにした。

その夜のうちに、四人の子供は一人残らず死んだという。

そんな厭な話を、とにかく次から次へと老人は語った。どれも決まって葬式の絡む内容で、しかも最後には必ず新たな死者が出る。確かに眠気覚ましになる話ばかりだったが、なぜか耳を傾けるほどに少年は睡魔に襲われた。そうして彼は、いつしか眠ってしまった……。

少年が目覚めると、母親と祖母の様子が可怪しかった。彼が午睡をしている間に、どうやら訃報があったらしい。遠方の親戚の家で、誰某が亡くなったという。

＊

老人の無気味な話を小説化して、そのテキストデータをKに送ったあと、偶然にも実家に用事ができた。そこで帰省するついでに、彼女と会うことにした。

実家で用をすませた翌日、待ち合わせの喫茶店に行くと、もうKが来ていた。

「読ませてもろたよ」

挨拶もそこそこに、いきなり本題に入ってきた。テーブルの上には用意の良いことに、プリントアウトされた僕の作品が載っている。

「最初は私が聞いた話と、えらい違うような気がしたけど、よう考えたら基本は合ってるんやなぁ。老人の話だけでは骨格にしかならんから、そこに肉づけしたって感じやろか。さすがというか……三津田君、ほんまに作家なんやなぁ」

同窓会から今日まで時間はあったのだから、一冊くらい拙作を読んでくれよと思ったものの、僕は「まぁな」と返しただけだった。

「この小説、よう纏まってるわ」

Kは続けて褒めながらも、少し悔しそうな表情をしながら、

「せやけど何度読んでも、ここに書かれてる以上のことは、まったく分からへん。老人が子供のころ昼寝から目覚めたら、家には親戚の訃報があって、自分が香典を持って行く羽目になる。そしたら電車の中で気味の悪い老人に会《お》うて、なんや恐ろしい昔話を聞かされてるうちに眠ってしまうんやけど、そこから先は昼寝から目覚めた話の繰り返しになって、同じことを何度も喋り続けるだけ……」

「そうやな」

「けど三津田君は、この話から何か発見したんやろ」

帰省する前に、老人の話に隠された秘密が分かったかもしれないと、Kにはメールをしておいた。それで彼女は、自分も謎解きをしようと試みたらしい。しかし結局、何も見つけられなかったのだろう。

「発見したというより、妄想したって感じやな」

「嘘《うそ》や。もろうたメールでは、なんや自信ありそうな推理に思えたもん」

軽くKに睨《にら》まれたので、僕は慌てて片手を振った。

「推理なんてとんでもない。ほんまに妄想レベルなんや」

「はいはい、分かりました。で、その妄想推理って何やの？」

興味津々に促すKの顔を見ながら、僕は嚙《か》んで含めるような口調で、

「少年が電車の中で会った老人って、実は鹿羽洋右やないのかな」

「………」

一瞬Kは、鹿羽洋右って誰やの……という表情を浮かべたが、すぐに両目を大きく見開きながら、

「それって、あのお爺さんの名前やん。彼が子供のころに、老人になった自分自身に会《お》うたってこと？」

「そうやない。名前は分からへんけど、親戚の通夜に行く途中の少年が、電車の中で鹿羽洋右という謎の怪老人と会い、そこでとんでもないことが起きた……」

「どんなことが？」

この期に及んで少し躊躇《ためら》ったが、僕は自分の妄想推理を口にした。

「二人の魂、記憶、人格、意識といったものが、その場で入れ替わった……」

「えっ」

「S病院の病室のベッドに横たわる鹿羽洋右という老人の中身が、実は名の知れぬ十歳くらいの少年やったとしたら……」

「………」

「だから君は、違和感を覚えた。老人が喋っているはずやのに、子供が話しているように感じた本当の理由が、そこにあったとしたら……」

「ちょ、ちょっと……意味が分からへんのやけど」

大いに戸惑うKを前に、僕は妄想推理を続けた。

「狐狗狸さんのお告げは、正しかったんやと思う。もっとも『しかばね』とは遺体のことではなく、鹿羽洋右の名字を意味していた」

「鹿の羽と書いて『ろくば』やのうて、『しかばね』って読んだわけ。それも狐狗狸さんが……」

「老人は名札つきの鞄を持っていた。そんなものがなくても、狐狗狸さんなら御見通《おみとお》しやったかもしれんけど」

「……鹿羽と寝るな」

「ところが少年は、老人の昔話を聞いて寝てしまった。もちろん当の老人が、そう仕向けたに違いない。あまりにも歳《とし》を取ってしまった老体を脱ぎ捨て、もっと若々しい新たな身体を手に入れるために」

「まさか……」

Kは笑おうとしたが、できなかったらしい。強張《こわば》らせた顔つきのまま、矢継ぎ早に問いかけてきた。

「そもそも鹿羽洋右って、何者なん？　少年の前にも同じことを何度もしてて、ずっと生きてきたってこと？　子供との入れ替わりは、いったいどうやったの？」

しかし僕は、ひたすら首を振るしかなかった。

「老人の――いや少年の話だけでは、そういったことは何も分からない。すべてが謎やな。ただ妄想で良ければ、そんな悍《おぞ》ましい存在が実はいて、随分と昔から宿主を取り替えつつ、ずっと生き続けてるんやないか――っていう想像はできる。きっと入れ替わるための条件もあるんやろう。例えば身内に不幸があった者とか……」

僕が喋っている間、Kは俯いて一心に考え事をしているように見えた。それからおもむろに顔を上げると、

「やっぱり可怪しいわ」

僕の妄想推理に異を唱え出した。

「少年が鹿羽老人の身体に入ってから、七十年以上が経ってるはずやろ。そしたらあのお爺さんは、百五十歳いうことになってしまう。いくら何でも、そら無理や」

「今から七十年以上前の出来事やと見做《みな》したんは、八十前後に見える老人の、十歳ごろの体験やと考えたせいやろ」

「……あっ、そうか。そこが崩れるんやから、ほんの数ヵ月前のことかもしれんわけか。けど、それやったら……」

Kは口を濁しながら、繁々《しげしげ》と僕を眺めつつ、

「やっぱり妄想としか思えんよね」

「本当に八十歳の老人が、十歳ごろの昔を回想して、当時の奇っ怪な体験を繰り返し喋ってるだけやないか——ってことか」

「うん」

申し訳なさそうに頷《うなず》くKに、もう少し増しな推理を僕は述べることにした。

「ただ、そう考えるには引っかかる点が、いくつかある」

「例えば？」

「少年の父親が、修学旅行で九州に行ったというところ。少年の年齢から見て、彼の父親が小学校に通っていたのは、恐らく明治時代になる」

「……そのころ修学旅行は、まだなかったとか」

「いや、あった。ただし、小学校で修学旅行を実施するようになるのは、昭和に入ってからや」

「父親の話やのうて、実は自分の修学旅行の体験とごっちゃにしてるとか」

「それも有り得ない。戦前の修学旅行は国家神道教育を行なうために、伊勢《いせ》神宮や橿原《かしはら》神宮などが目的地とされていた」

「ということは……」

「少年の父親の修学旅行は、少なくとも戦後と思われる。それも経済的に少しは豊かになった時代やな」

再び考え込むKに、また別の増しな推理を僕は語った。

「それから少年の祖母が、遺体に施す湯灌について、『たいていの地方では遺体を布で拭くくらいで、それも葬儀屋がやってくれる』って言ってるけど、これも戦前では有り得ない。地方へ行けば行くほど、布で拭くだけではない儀礼があって、それを喪主や親族がやっていたはずや。そういう習俗がすっかり廃れてしまったのは、少なくとも昭和四十年代の後半か、五十年代のはじめやろうな」

「………」

「そうなると、最も引っかかった『けいたい』という言葉の意味も、とたんに見えてくる」

「まさか……」

「うん。携帯電話のことやと思う。ただし少年は、まだ持っていなかった。もしあれば退屈な電車の中も大丈夫やったし、気味の悪い老人に絡まれたときも、それで母親や祖母に連絡できたのに――と彼は、もしかすると言いたかったのかもしれない」

「つまり……」

「八十前後に見える老人が、十歳くらいの少年の体験を語ったわけやが、それが本人の話であるはずがないのは、まず間違いないってことや」

そこから二人とも、しばらく黙ってしまった。やがて当たり障りのない話題をKが口にしたが、長くは続かずに、そのまま別れることになった。

その日のうちに自宅へ戻ると、Kからメールが届いていた。

夜になって母親の様子を見に行くと、あの老人が病室からいなくなっていた。看護師に訊いても、何も教えてくれない。もやもやした気持ちになったが、正直ほっとした。気のせいかもしれないが、母親の容体が良くなったように感じられる。あの老人が悪影響を及ぼしていたのかもしれない……と、最後にKは記していた。

Kの母親の快復を喜ぶ返信だけに、僕は留《とど》めておいた。「鹿羽洋右」という名前が、「屍拾う」とも読めることを、わざわざ彼女に伝えようとは思わなかった。

幕間（二）

「小説すばる」二〇一四年九月号に「集まった四人」を発表したあと、僕は同誌の十一月号の特集「やっぱり、ミステリが好き！」に於《お》いて、「ミステリ作家の〝きっかけ〟の一冊」というテーマで、エッセイ「ミステリに絶望した一冊」を書いている。その次の怪奇短篇《たんぺん》が二〇一五年一月号の「屍《しかばね》と寝るな」で、お読みいただいた通り中学校の同窓会で再会したKから取材した話を基にしているため、時任美南海には何の負担もかけていない。よって彼女を見舞った不可解な現象も、すっかり鳴りを潜めただろうと安心していた。

ところが、それが違った。正確には二〇一四年の秋から冬にかけて、怪異な出来事は次第に収まっていったらしい。そのまま何もしなければ、恐らく終息したのではないかと思う。だが、あろうことか彼女は年明け早々に、「怪談のテープ起こし」を再開したのである。

これは僕が悪かったかもしれない。時任から届いた年賀状に、「次作を楽しみにしています」と書かれていたので、つい「まだ何のネタもありませんが、怖い話を書ければと考えています」と返信してしまった。次の掲載は二〇一五年五月号で、締め切りは三月中旬である。まだまだ時間があるとはいえ、他誌の短篇や書下ろし長篇の執筆も控えている。そんな状況をよく知っていた彼女は、ここは再び例のカセットテープとMDを聴取して、僕の代わりにネタを探したほうが良いと、どうやら判断したらしい。

以前と同じく怪異な体験談を起こしたテキストデータが、いきなり時任から送られてきたので、僕はもう驚いた。きっと担当編集者としての責任感から、こんなことをしたのだろう。それが分かるだけに、すぐに止《や》めさせなければならないと強く感じた。

慌てて電話をかけると、意外にも彼女の声は明るかった。僕は非難がましくならないように気をつけながら、まず聴取の再開を咎《とが》めた。しかし返ってきたのは、実にあっけらかんとした声音だった。

「昨年の秋ごろでしたか、お電話をいただいたとき、先生がお書きになっている『怪異現象の真理』についてお話しできたので、もう大丈夫です」

「いや、だから、あれは真理なんてものじゃなくて……」

「私には、十二分の説得力がありました」

「けど——」

あくまでも懐疑的な僕に対して、不意に時任が笑い出した。

「変ですよ。当事者の私が納得しているのに、お書きになった先生が否定的になるなんて、まったく逆じゃありませんか」

一連の現象は気のせいだったと彼女が理解しているのなら、確かにそれで何の問題もない。だが、このとき僕はどうにも不安だった。

訳の分からない怪異にも、実は何らかの法則性が隠れている場合が多い――という考えが当て嵌《は》まる現象を、実際に僕はいくつも知っている。それは間違いない。しかし一方で、まったく何の解釈もできない出鱈目《でたらめ》な怪異が続く事例も、また多く存在しており、それも事実だった。時任を見舞った現象が果たしてどちらなのか、この段階で判断するのは危険ではないか。そう僕は懸念したわけだ。

とはいえ当人が、少しも危機感を抱いていないのだから厄介である。いくらカセットとMDを聞くなと注意しても、「これも編集者の仕事ですから」と返されれば、こちらとしては何も言えなくなる。仮に彼女の上司に掛け合うにしても、どう説明すれば良いのか。何しろ相手は作家に役立つテープ起こしをしているのだ。褒められこそすれ、それを止めるのは変だと反対に思われるのが落ちだろう。

言い知れぬ無力感を覚えつつ電話を終えた僕は、しばらく考え込んでしまった。「屍と寝るな」のように、次作もこちらでネタを探すからと言っても、時任が聴取を止めるとは思えない。今回のテキストデータにも、実は「黄雨女《きうめ》」の元ネタになった体験談が入っていた。つまり立派に、僕の創作活動に役立っているわけだ。単行本にするためには「黄雨女」のあとに、もう一作書く必要がある。最後の作品だからと、むしろ彼女なら張り切るのではないか。

どうしたものかと考え倦《あぐ》ねながらも、僕は昨年末に取りかかった『黒面の狐《きつね》』の執筆を続けていた。本作は敗戦後の日本の炭鉱を舞台にしたミステリ寄りの長篇で、当初は刀城《とうじょう》言耶《げんや》シリーズの新作として書くつもりだった。だが資料を集めて読むうちに、これは別の作品にするべきだと気づいた。そこで前々から依頼を受けていた文藝春秋の、書下ろし長篇のテーマに変更することにした。

ところが、いざ書き出してみると特殊な時代と舞台とテーマ設定故に、なかなか筆が進まない。資料の読み込みが、まだまだ浅かったことも痛感した。そのため百枚ほどで執筆を止めて、先に死相学探偵シリーズ（角川ホラー文庫）の新作『十二の贄《にえ》』に取りかかることにした。こちらを脱稿したあと、『黒面の狐』は主な資料を読み直したうえで、一から書き直すつもりだった。

ここで僕の脳裏に、まさに一石二鳥の案が浮かんだ。『黒面の狐』に集中したいので、連作短篇の一時休載を願いたいと各誌に頼むのだ。当然その中には「小説すばる」も含まれる。元々が四ヵ月に一度の掲載のため、それを延ばすと次の締め切りは十一月の中旬になる。時任がネタ探しの聴取を再開するにしても、かなり先になるだろう。その間にこちらは時間を作り、さっさと最終話を書き上げて、締め切りの何ヵ月も前に送付する。要は、彼女がカセットとＭＤを聞かなければならない理由をなくしてしまう作戦である。

僕は休載に入る前の他誌に一作ずつ連作短篇を書き、「小説すばる」二〇一五年五月号に「黄雨女」を発表すると共に、『十二の贄　死相学探偵５』に取りかかった。この試みは上手《うま》くいったと、当初は密《ひそか》に北叟笑《ほくそえ》んでいた。少なくとも『十二の贄』を脱稿する七月上旬までは……。

ちょうどそのころ、あたかも図ったかのように時任からメールが届いた。添付ファイルを認めた時点で、僕は厭《いや》な予感を覚えた。開いてみると案の定、例のカセットとＭＤから起こした体験談のテキストだった。

すぐ時任に電話をして、結構きつい口調で問い質《ただ》した。締め切りは何ヵ月も先なのに、なぜこんなに早く聴取をする必要があったのか。

「私も秋になってからで間に合うと、そう思っていました」

続けて彼女は答えたのだが、

「……でも先生、しばらくカセットとＭＤから離れていると、どうしても聞きたくなってくるんです」

という言葉に、思わず僕はぎょっとした。

「前に先生が仰《おつしや》ったように、いくら聞いても使えない話がほとんどです。ですから、できるだけ数をこなそうとしているうちに、いつの間にか中毒のようになってしまって……」

それは中毒症状というよりも、むしろ憑《つ》かれていると表現すべき状態ではないか。そう感じたが、もちろん時任には言わない。

「変な現象は？」

「……少しあります」

「とにかくカセットとMDを、今すぐ送り返すこと。なんなら僕が取りに行く」

「いえ、そんな大丈夫ですから……」

「駄目だ。明日の午前中に届かない場合は、御社にお邪魔する」

かなり強い口調で言うと、ようやく彼女は明日の返送を約束した。

翌日の午前中に、集英社「小説すばる」編集部から宅配便が届いた。中身は時任が返してきた問題のカセットとMDである。そのまま仕舞っても大丈夫かと少し迷ったが、再生さえしなければ良いのだと考え、資料部屋の整理棚の奥に突っ込んだ。

それから僕は、わざと時任のテープ起こしテキストを無視して、少し前に体験者から聞いた話を基に「すれちがうもの」を書き上げた。そのテキストデータを彼女にメールすると、御礼《おれい》の返信と共に、ここ最近の気味の悪い体験を書き送ってきた。それを簡単に纏《まと》めると左記のようになる。

その日の夜、彼女は会社でカセットとMDに耳を傾けていた。これも仕事と考えながら、なんとなく日中の聴取は気が引けてしまう。そのため録音された怪異な体験談を聞くときは、どうしても夜が多かった。わざわざ日が暮れてから聞かなくても……と自分でも思うので、何度か昼間にやってみたが、あまり身が入らない。しかも、日中の聴取でネタになりそうな話に当たった例《ためし》が一度もない。これは使えるという体験談に出会うのは、なぜかいつも夜だった。

その日も彼女はカセットとMDを聞いていて、途中でトイレに立った。一番奥の個室に座り、ちょうど文字起こしをしている最中の「家族が誰もいないときに入浴していたら、脱衣所から物音が聞こえたので目を向けると、扉の曇り硝子《ガラス》に顔のようなものが貼りついた」という体験談を反芻《はんすう》して、ちょっと怖くなっていた。すると突然、隣に誰かが入ってきた。

……厭だ。脅かさないでよ。

その人に腹を立てながらも、びくっとした自分が彼女は少し可笑《おか》しかった。

あの話を聞き終えたら、もう今夜は帰ろう。

そう決めたところで、妙に思った。隣の個室から、まったく物音がしない。普通なら衣擦《きぬず》れなど、何らかの音が聞こえるものである。それが少しもないどころか、そもそも人の気配が感じられない気がする。

彼女がトイレに入ったとき、他には誰もいなかった。そんなときは、いつも奥の個室を選ぶようにしている。そのあとに隣の人が入ってきた。そういう場合、普通なら塞がっている個室から一つか二つは空けないだろうか。わざわざ先人の隣に入るのは、ちょっと変ではないか。

急に物凄《ものすご》く怖くなった彼女は、慌てて個室から出た。そうして恐る恐る隣を見ると、確かに扉は閉まっている。ただし、ほんの少しだけ隙間があった。辛うじて指一本が入るくらい、なぜか扉が開いている状態だった。

トイレの扉は内開きで、中から鍵をかけないと自然に開いてしまう。つまり目の前の個室には誰かが入っているが、その人は鍵をかけることなく扉を手で押さえているか、あるいは何か物を床に置いて開かなくしているか、どちらかである。

……でも、どうして？

もし鍵が壊れているのなら、別の個室を使えば良い。ここに拘《こだわ》る必要などないはずだと思った側《そば》から、自分の隣に入るためという理由が彼女の脳裏に浮かんだ。

まさか……。

そのとき目の前の扉が、すうっと音もなく内側へ開きはじめた。一瞬の硬直のあと、彼女は走って逃げ出した。

編集部に入る前に廊下で立ち止まり、なんとか息を整える。今の体験を誰かに話そうという考えは、まったく頭にない。自分の席に戻った彼女は、仕事をする振りをしながら、実際は呆然《ぼうぜん》としていた。

しばらくして後輩の女性が席を立った。とっさに「トイレ？」と訊《き》きかけて止めた。仮にそうだとしても、そのあと何と言うのか。少しして後輩は戻ってきたが、特に変わった様子は見られない。トイレに行ったにしても、何の異変もなかったのだろう。

この体験の数日後、彼女はマンションの部屋のトイレに入ろうとして、とても気味の悪い感覚を抱いた。

……誰か入ってる。

独り暮らしのため、そんなことは絶対に有り得ない。にも拘《かかわ》らずそう感じてしまう。ただの気のせいだと自分に言い聞かせ、勇気を出して扉を開けると、もちろん誰もいない。しかし、その後も同じ現象に彼女は悩まされた。

ようやく恐ろしい気配が消えたと思ったら、今度はトイレに入っている最中に、全身に鳥肌が立つような感覚に囚《とら》われた。

……ここに誰かいる。

彼女以外の何者かが、狭いトイレの中に同居している気がして仕方ない。後ろを振り向いて確かめても、人が立てるような場所はない。いや、そもそも誰もいないのだ。それなのに誰かが、すぐ側にいるような気配がある。

それからしばらくの間、彼女は駅やコンビニのトイレを利用していたらしい。

時任と電話で話し合った結果、「小説すばる」二〇一六年一月号の編集作業が具体的にはじまるまで、「すれちがうもの」の原稿は放置しておくことに決めた。一作だけ先に進めるのは無理があるうえ、いくら件《くだん》のカセットやMDから元ネタを取った話でないとはいえ、今はできるだけ冷却期間を設けたほうが良いだろう——と、彼女と意見が一致したからだ。

以下に掲載する二篇が、先述した「黄雨女」と「すれちがうもの」である。

黄《き》雨《う》女《め》

誰かの死に立ち会う。または遭遇する。

遺体と対面する。もしくは発見してしまう。

そんな経験を現代人がするのは、近親者を見送るときくらいかもしれない。まして見ず知らずの他人の死に関わることなど、そういう職業に就いている人を除けば、きっと一生に一度あるかないかだろう。

僕がはじめて人の死に接したのは、高校一年のときである。それまで身内に不幸はなく、人の亡骸《なきがら》を目にするのは、もっぱら映画かテレビの虚構の中だけだった。

当時、電車通学していたN高校は、結構な田舎にあった。最寄り駅から学校までの途中、両側を田圃《たんぼ》に挟まれた舗装路を歩く必要があり、夏は日照りに、冬は寒風に難儀したものだ。民家もぽつんぽつんと建っているだけで、とにかく見通しだけは良い通学路だった。

近くの幹線道路から二車線の道が真《ま》っ直《す》ぐ延びた先に、N高校は建っていた。道は高校を過ぎると直角に曲がっており、そこまでの何百メートルかは一直線で、確か信号もなかったと記憶している。

季節はいつか忘れたが、ある土曜の昼下がり、僕は数人の友達と下校していた。誰かが「お好み焼きでも食べへんか」と言い出し、皆が賛成したのはよく覚えている。

学校の前から延びる歩道を進んで、それが田圃の舗装路と交わる手前に差しかかるまでは、いつも通りだった。しかし、そこで十数人の生徒が固まって騒いでいた。辺りには尋常ではない空気が流れ、とても重苦しい気配に満ちている。

「どうしたん」

知り合いがいたので、近づいて尋ねようとして、とんでもない光景が目に入った。その瞬間、僕は生まれてはじめて味わう衝撃を受けていた。

二車線の道路と田圃の舗装路が直角に交わった内側、二つの道より二メートルほど下に広がる田圃の端に、ブレザー姿の女子生徒が、ごろんと俯《うつぶ》せに転がっている。その数メートル先の田圃の直中《ただなか》には、学ラン姿の男子生徒が倒れていた。さらに数メートル先の田圃の端に、同じく学ラン姿の男子生徒が横たわり、その側《そば》に一台の車が停《と》まっていて……という起きたばかりの惨事の生々しい眺めを、いきなり僕は目の当たりにしたのである。

事故を目撃した生徒の話によると、直線道路を高校の方向から、一台の車がジグザグ運転で暴走してきた。歩道には帰宅途中の生徒がいたので、女子の中には悲鳴を上げる者もいた。しかし車は暴走を止めるどころか、女子生徒の反応を楽しむかのように、歩道に近づいては離れるという危険なジグザグ運転を繰り返した。

そうやって暴走車が歩道に近づいた、何度目かのときである。車が歩道側から戻れずに、そのまま生徒たちの列に突っ込んだ。のちに判明した原因は、ジグザグ運転によるハンドル操作のミスだった。

歩道にいた生徒たちを撥《は》ねた車は田圃に落ち、弧を描くように走ってから停まった。一人目の女子生徒と二人目の男子生徒、それに三人目の男子生徒を線で繋《つな》ぐと、ちょうど田圃に落ちてからの車の軌跡が分かるほど、現場の光景は痛ましかった。一人目と二人目は撥ね飛ばされたが、三人目は田圃の中を引き摺《ず》られているため余計である。

運転していたのは十九歳の男で、あろうことか無免許だった。そいつは車から降ろされ、殺気立った二年生の男子生徒たちに取り囲まれていた。亡くなった三人は、全員が二年生だった。

だが、この酷《むご》い事故を起こした運転手よりも、田圃に散らばった三人の遺体に、僕の目は釘《くぎ》づけになった。何よりもショックだったのは、亡くなった方には大変失礼な表現になるが、遺体が「もの」にしか映らなかったことだ。死んでいるのだから当然だが、それまで頭でしか理解できていなかった不変の真実を、このとき僕は生まれてはじめて実感したのだと思う。

もっともそんな風に考えられるようになったのは、もっとあとだった。この事故に出会《でくわ》した直後は、それどころではなかった。もう少し早く帰っていれば、自分が目撃者になっていたかもしれない。さらに早く帰っていれば、自分たちが轢《ひ》かれていた懼《おそ》れもある。そういう恐怖に、あの場にいた誰もが囚《とら》われた。

事故後の月曜日、高校では追悼集会が行なわれたはずだが、あまり覚えていない。それよりも印象的な出来事があったせいだ。

無免許で車を暴走させた未成年者は、N高校の風紀係の男性教師が他校に勤務していたときの教え子で、たまに会いに来ていたことが判明したのだ。しかも耳を疑ったのは、その教師は教え子が来るたびに、なんと煙草《タバコ》を渡していたという。

教師と教え子、二人にそれ以外の関係があったのかは知らない。だが、右記の事実だけでも充分に問題だった。

二年生の一部の生徒が放送室を勝手に使い、体育館に集まって欲しいと全校生徒に呼びかける騒ぎとなった。そこで件《くだん》の教師を糾弾しようというわけである。この突然の集会は、途中から学校も認める形で開かれた。そうしないと学校側の面子《メンツ》が丸潰れだったからだろう。

この展開に興味を持たれた読者には申し訳ないが、どのように集会が進行し、そこで何が起きたのか、実はほとんど覚えていない。それほど劇的なことなど何もなかったせいか。三人の命を奪った未成年者に、どんな処罰が下ったのかも記憶にないが、問題の男性教師が、その後も同校で勤務を続けたことは確かである。

事故から少し経《た》ったころ、二車線の道路の歩道の際に、供養碑が建てられた。そこは田圃の舗装路が交わる箇所から、高校とは逆方向に数メートル進んだ所だった。三人の遺体が散らばっていたため、そういう場所になったのかもしれない。

多くの生徒と教師が、毎朝この碑にお参りをした。下校時に再び冥福を祈る者もいた。この風景を何も知らない第三者が目にすれば、随分と不思議な「寄り道」に映ったことだろう。だが、少なくとも僕らの学年が卒業するまで、この寄り道は続いたのである。

事故から何日後だったか、あるいは何ヵ月後だったか、はっきりとした日付は不明だが、ある日の夕方、クラブ活動を終えたAが、友達と二人で下校していた。彼らの前には知り合いの男子生徒の二人連れがおり、さらに前には一組のカップルが歩いていた。

Aが友達と喋《しゃべ》りながら、二車線道路の歩道を進んでいると、前を歩いていたはずの二人連れの男子生徒と、ぶつかりそうになった。

「お前ら、何してんねん」

その場に佇《たたず》む彼らに、Aが不審げに訊《き》くと、

「……おったよな」

そのうちの一人が、そう言って進行方向を指差した。

何気にAが目を向けると、さっきまで歩いていたはずのカップルがいない。とっさに周囲を見回したが、何処《どこ》にも二人の姿が見えない。

辺りは非常に見通しが良く、わずか数分で姿を隠すことなど絶対にできない場所である。しかも消えたのは一人ではなく二人なのだ。

四人が立ち竦《すく》んでいたのは、ちょうど田圃の舗装路へと折れる手前だった。あの事故で車が歩道に突っ込んだ地点に、とても近かったという。

次の体験談は、僕が二年生か三年生のときに聞いた。そのため事故から一年以上は経っていたはずである。

ある夜、Bはバイクを走らせていた。特に行く当てがあったわけではなく、ただ単車を飛ばしていた。そうやって深夜の道路を走っているうちに、信号や車に邪魔されずに、思いっ切り爆走したいという衝動を覚えた。

とっさに浮かんだのが、N高校前の直線道路である。もちろん過去の悲惨な事故を忘れたわけではない。とはいえ生徒たちの通学を除けば、そもそも人通りのない道のうえ、今は深夜である。通行人など皆無に違いない。

幹線道路を走っていたBは、そこから問題の直線道路へ向かった。そして目当ての道に入るや否や、一気にスピードを上げてバイクを飛ばした。

予想通り一台の車も、一人の通行人もいない。走っているのは彼のバイクだけである。

その気持ち良さといったら……。

そのとき歩道から、急に人影が飛び出してきた。

慌ててブレーキをかけ、なんとか転倒せずにバイクを停めてから、Bは焦って振り返った。

……誰もいない。

街灯に照らされた道路が、真っ直ぐ延びているだけである。

そんな……。

人影が出てきたと思《おぼ》しき辺りまで戻ると、そこに供養碑があった。

「あんときほど、ぞっとしたことはないなぁ……」

自らの体験を語るとき、いつもBはそう言って締め括《くく》った。

この高校時代の話を、歳《とし》のころ四十半ばの女性占い師に僕がしたのは、今から十八年ほど前である。季節は失念したが、朝から雨が降りそうで一向に降らない鬱々とした曇天の日だったことは、よく覚えている。

そのころ僕は某月刊誌の編集者で、メイン特集に占星術の企画を立てていた。そのため大学の天文学者から市井の占い師まで、様々な職業と立場の人に取材をしている最中だった。

この取材で僕が考慮したのは、相手が占星術を信じているのか、または信じていないのか、という点である。占星術を取り上げるとはいえ、端《はな》から肯定した特集をするつもりはなかった。あくまでも客観的な観点に立ち、人気が廃れることのない星占いというものを考察する企画だった。

ところが、いざ取材をはじめてみると、会って話を聞く相手は占星術師のほうが多くなった。こちらの質問に本音で答えてくれる人に、なかなか出会えなかったからだ。名前も顔も出さないとはいえ、向こうの商売について根掘り葉掘り尋ねるのだから、当たり前と言えばそうなのかもしれない。

そうやって取材する中で、どの占い師も絶対に断っていると答えた、顧客からの質問が二つあった。

一つはギャンブルの勝敗について。

もう一つは顧客自身の死期について。

前者を尋ねる客は結構いるが、後者もいないことはないという。だが、どちらも決して受けつけない。あまり取材に乗り気でない占い師でさえも、この件については「きっぱり断る」と明言したほどだ。

しかし、そんな占星術師たちの中で、前者は相手にしないが、後者は「お客さんに理由を訊いて、それが納得できるものだったら応じるわよ」と言った人がいた。それが先述した女性で、東洋占星術を専門にしている占い師だった。

ただし、彼女を説き伏せられるだけの理由を持った顧客は、この商売を二十年近くやってきた中で、たった二人しかいなかったという。しかも、そのうちの一人は彼女の説得を受け入れ、後者の質問を取り消したらしい。

「あとの一人には、ご本人の死期を占って教えたのですか」

そう僕が尋ねると、「ええ」と彼女は躊躇《ためら》わずに答えた。

「どんな理由で、その人は自分の死期を知りたかったのでしょう」

「それは教えられないわ」

顧客のプライバシーに関わるためか、はっきり断られた。だが、すでに僕の興味は、占星術師たちが受ける顧客の質問内容から、彼女自身に移っていた。

この女性占い師は、理由の如何《いかん》を問うとはいえ、なぜ自分の死期を知りたがる客の願いに応じるのか。

もし良ければ教えてもらいたいと頼むと、本稿の冒頭に書いたような話題になったので、僕は高校時代の話をした。生まれてはじめて遭遇した人の死について、その当時どう感じたかも含めて包み隠さずに喋った。

このとき僕らがいたのは、都内の某繁華街の雑居ビルの上階だった。そのフロアは本来イベント会場用に造られたらしく、小さなキッチンと洗面所を除けば何もない空間だった。そこに数人の占い師たちが、それぞれブースで囲った店を出していた。占いの種類も手相や人相から、タロット、風水、四柱推命、水晶、姓名判断、そして占星術まで様々だった。顧客は自らの好みに応じて、店を選べるようになっている。そういう場だった。

彼女は一言も口を挟まずに、僕の話を聞き終わると、

「ここじゃ分からないわね。ちょっと待ってて」

そんな謎の言葉を残して、すっと席を立ってしまった。

呆気《あっけ》にとられたが、こうなると待つしかない。独りになったとたん、ぼそぼそと他のブースから漏れる占い師や客の声が、急に気になり出した。話の内容までは聞き取れないが、その断片が嫌でも耳につく。まるで中途半端に盗み聞きをしているようで、どうにも落ち着かない。

それにしても彼女は、いったい何処へ行ったのか。ここでは分からないとは、どういう意味なのか。別の場所に行けば、その何かが分かるのか。

僕が首を捻《ひね》っていると、彼女が戻ってきた。洗面所に立つよりも短いくらいの時間しか、席を外していなかったことになる。これで益々《ますます》謎が深まったのだが、追い討ちをかけるように彼女が呟《つぶや》いた。

「多分、大丈夫でしょ」

そこから何の説明もないまま、彼女は突然、大学生のときの気味の悪い体験を語りはじめた。正確には本人のというより、彼女が一年生のときに付き合っていた彼氏の体験になるのだが。

それを以下に再現したいと思う。なお語りの中に出てくる名称は、すべて仮名であることをお断りしておく。

＊

二十数年前の、私が大学生だったときの話なの。

大学名は……いいか。それほど賢くもなく、それほど莫迦《ばか》でもないレベルの学校と思ってちょうだい。

入学して結構すぐに彼氏ができた。お互い地方から出て来たばかりで、どっちもはじめての独り暮らしだから色々と不安もあって、急速に接近したって感じかな。

でもね、一線を越えるような関係には、まだなってなかった。二人とも初《うぶ》だったというか、真面目だったというか、今から考えると微笑《ほほえ》ましいような、なんともじれったいような、そんな仲だったわ。

お互いのアパートは大学を挟んで、まったく逆方向にあった。それぞれ大学まで徒歩で十数分の距離だから、通学には便利なんだけど、いったん帰宅してしまうと、相手の所まで二十五分くらいかかるのね。だから最後の講義が終わったあと、学内で待ち合わせをして、そのまま片方のアパートに行くことが多かった。学部は違ってたけど、まだ二人とも一年生だったから、夕方まで結構びっしり講義が詰まってて、どっちかが長く待つ必要も、そんなになかったのよ。

当初は代わり番こに、その日に行くアパートを決めてたの。でも、そのうち彼がこっちの部屋に来ることが増え出した。いつ行っても彼の部屋が散らかってて、私が片づけても、すぐに元に戻るからって理由もあったけど、一番の原因は「黄雨女《きうめ》」って名づけた女のせいだった。

黄色い雨の女と書いて、「きうめ」っていうの。私が勝手に考えた名称だから、聞き覚えがなくて当たり前よ。

鬼雨って知ってる？

鬼の雨と書いて、物凄《ものすご》い量の雨が降ること。この場合の「鬼」って、程度が並外れてることを指す言葉なわけ。

同じ「きう」という読みでも、祈る雨の祈雨だと雨乞いのことで、喜ぶ雨の喜雨だと日照りが長く続いたあとで降る雨になる。

別に私が物知りなんじゃなくて、子供のころにお祖母《ばあ》ちゃんに教えてもらっただけよ。

それが頭にあったんで、その女にそんな名前をつけたんだと思う。

その女……。

サトルが女の話を最初にしたのは、六月に入って少し経ったころだった。あっ、サトルって彼氏の名前ね。

「今朝、大学に来る途中で、なんや変な女がおった」

いつものように待ち合わせて、私のアパートに向かう道すがら、急に思い出したようにサトルが言った。

「どんな人?」

私は普通に尋ねた。きっと彼の返答を聞いても、「へぇ、ほんとに可笑《おか》しな人ね」ですむと、このときは思ってたから。

ちなみに私はお国言葉を出さないようにしてたけど、関西出身の彼は少しも気にしてなかったたな。

それでサトルによると、

「雨も降ってへんのに、雨用の帽子を被《かぶ》って、レインコートを着て、長靴を履いて、傘まで持っとるんや」

という確かに妙な人だった。

「今日は晴れてたけど、曇り時々雨の予報でもあったのかな」

「それにしても大仰やろ。まるで台風に備えとるみたいやったからな」

「梅雨入りは……」

「まだやろ」

「気の早い人とか」

「なんにしろ、あんな格好しとったら、暑うて堪《たま》らんで」

「いくつくらい」

「ちらっとしか見んかったんで、よう分からん。でも、若《わこ》うはなかった」

「心配性のお婆《ばあ》ちゃんかな」

そんな風に考えたのは、実家の近くのお婆さんで、私が高校の三年ごろから、少しずつ惚《ぼ》けはじめた人がいたからなの。その人は夏でも冬物を纏《まと》ったりと、季節に関係なく服を着るようになってね。

だからサトルの見た女性も、それに近いんじゃないかって思った。とはいえ「惚け老人」って言い方は酷《ひど》いから、ちょっと婉曲《えんきょく》に表現したわけ。

でも、彼には通じたみたいで、

「婆さんには見えんかったな。せやから惚けとるわけやないやろ」

「だとしたら、ちょっと変ね」

「そうやろ」

サトルは意味あり気に頷《うなず》くと、

「なんせ頭の天辺《てっぺん》から爪先まで、全部が黄色やねんからな」

そう説明して私を驚かせた。肝心なことを最後まで喋らずに、こっちの反応を楽しむところが彼にはあったのよ。

「なんか気持ち悪い」

私が不安そうな素振りを見せると、

「せやろ」

とたんにサトルは、肝試しで友達を脅かして喜ぶ子供のような声を上げた。

「その人は歩いてたの」

「いや。俺のアパートと大学の中間に、川沿いの道があるやろ。あの側に、ただ立っとった」

「川側に？」

「そう言えば、ガードレールの切れ目におったな」

川っていっても自然のものじゃなくて、コンクリートで造られた水路のことね。普段はあまり水がないけど、大雨や台風のときは一気に増えて、それが大通り下の暗渠《あんきょ》へと流れる。そういう仕組みのやつ。

それがね、そこの水路は川底まで三メートル近くはあるのに、ガードレールが途切れ途切れにしかないのよ。はじめて通ったとき、だから少し怖かった。その道の川側は、できれば歩きたくないって思ったくらい。

そんな所の、よりによってガードレールの切れ目に立ってたなんて、それだけでも変でしょ。おまけに晴れてるのに雨支度をして、すべてが黄色っていうんだから、どう考えても普通じゃないよね。

「ちょっと可怪《おか》しい人かも」

私が頭を指差すと、サトルは頷きながらも、もう興味をなくしたのか他の話題を口にした。黄色尽くめの奇妙な雨女の話は、そこで終わってしまったの。

だから数日後、「また黄色女を見た」ってサトルが言ったときも、「ふーん」って私は気のない返事をした。何処の土地にも一人くらいはいる、変な言動はするけど害のない人物――っていう認識を、その女にもしたからでしょう。

ところが、さらに数日後、サトルがとても疲れた表情で、

「いやぁ、あの女には参った」

落ち合うなり、そんな弱音を吐いたのでびっくりした。

「あの女って、まさか……」

「例の黄色女のこと、覚えてるやろ」

「また見たの」

彼は頷いたけど、その様子が気になってね。あの女との間に何かあったって、すぐに分かった。

「どうしたの？　向こうから話しかけてきたとか」

「いいや。何も喋っとらんし、例の場所から動きもせんかった。ただ川の側に、ぼうっと突っ立っとっただけや」

サトルは否定した。それで私が困惑してたら、

「目がな、合《お》うたんや」

とても深刻そうに言ったので、もう拍子抜けしてね。

どんな人でも擦れ違うときって、目くらい合うでしょ。まして相手は、毎朝でも同じ場所に佇み兼ねない変な人なわけで、自分の側を通る者を、じろじろと眺めても不思議じゃない。

でもね、本当に彼が参ってるみたいだったので、私は心配になっただけじゃなく、好奇心も覚えてしまった。

「睨《にら》まれたの」

そう訊くと、サトルは首を振った。

「あの女がおると分かって、ちらちら見ながら歩いてたら、急にこっちを向きよったんや。それから俺が通り過ぎるまで、ずーっと視線を逸《そ》らさんまんま、まったくの無表情

で見詰め続けられたわ」

「サトルも」

「ああ。目を背けたかったけど、どうしてもできん。それどころか下手したらその場に立ち止まって、あの女と見詰め合《お》うてしまいそうで、とにかく通り過ぎるんが精一杯やった」

彼の説明で状況は理解できたけど、正直それだけなのって呆《あき》れた。確かに同じ体験をすれば、いい気持ちはしない。だからといって、その日の夕方まで引き摺るほどのことかな。

そんな私の思いが、どうやら顔に出たらしくて、

「あの女の目ぇは……、実際に見んと絶対に分からん」

サトルが半分は拗《す》ねた感じで、もう半分は怯《おび》えたように言った。それでまた心配になったの。決して怖がりでもない彼が、ここまで気にするのはよっぽどだって。

「真っ白に厚化粧した顔の中で、二つの目ぇだけが、ぎょろっと見開いとってな。あそこまで化粧が濃かったら、口紅をつけた唇なんかも目立つはずやのに、目ぇだけが突出しとるんや。その目も、両方の黒目がやたら大きゅうて、ほとんど白目の部分がないような……なんとも気色の悪い目ぇでな。凝《じ》っと見とったら、まるで吸い込まれる感じがして、ぞっとした。その目がな、ずっと朝から頭を離れへん。講義に集中しようにも、

目の前にあの黒目が浮かぶし、目蓋を閉じても同じなんや」

「妖怪みたいね」

それでも私は、冗談っぽく返した。そこから少し考えて「黄雨女」って名前を、その女につけたの。正体不明のものが怖いのは、それに名称がないからっていう理由もあるでしょ。だからわざと妖怪みたいな呼び名をつけて、できるだけサトルの気を楽にしようとしたのね。

「妖怪、黄雨女かぁ」

サトルは口に出してみて、ちょっと恥ずかしそうに苦笑した。怖がってる自分が、きっと滑稽に感じられたんじゃないかな。つまり私の思惑が当たったわけね。

翌日、一緒にお昼を食べてたとき、

「雨妖怪の癖に、雨が降っとらん今朝も、また黄雨女が出よったで」

そんな風に彼が軽口を叩《たた》いたんで、もう大丈夫かなって思った。

「目は合った？」

けど、まだ少し心配だったので訊いてみたら、

「いいや。おるなって気づいてから、そっちは見んようにした。ああいう手合いは、とにかく構わんことや」

そう答えながらもサトルは、やっぱり気にしてるようなの。

でもね、そこで私があんまり慰めると逆効果かもしれないって考えて、彼に調子を合わせるだけにした。

その日は、お互いのアパートに独りで帰ったので、翌日のお昼にまた会ったら、

「あの黄雨女やけど、なんと帰り道にもおったんや」

昨日の夕方、例の水路に黄雨女がいたっていうの。それまでは朝しか見かけなかったのに、いつもと同じ場所に佇んで、サトルが気づくよりも先に、彼を見つけて凝視していたようだっていうのよ。まったくの無表情で。

さすがに気味悪くなって、サトルは途中から別の道に入って、少し遠回りして帰ったって。

「なんや俺を待ってたような感じがして、もう気色悪かった」

この日からね。大学が終わると二人で、私のアパートに行くようになったのは。彼が自分のアパートへ帰る夜には、もう黄雨女もいなかった。つまり朝だけ我慢すればいいと、彼は思ったのね。

それから数日後の夕方、いつも通り二人で落ち合うはずだったのに、いくら待っても彼が来ないの。

サトルの学部まで行って、顔見知りの彼の友達に尋ねたら、

「あいつ、今日はサボったみたい」

そう言われて、びっくりした。講義には出なくても、私との待ち合わせには絶対に来たからね。別に惚気《のろけ》てるわけじゃないのよ。彼らしくないってこと。

だから私、サトルのアパートに行ったの。酷い風邪でもひいて、寝込んでるんじゃないかと思って。

でも彼、普通に起きてたわ。確かに顔色は少し悪かったけど、あとは元気なものだったの。

「もう、心配したじゃない」

部屋に上がって、病気でも何でもないと分かったとたん、私は怒った。

「どうして大学に来なかったの」

するとサトルが、すっと視線を外しながらぶっきら棒に、

「……別に、なんとなく」

その様子を見て、何か隠してるなって気づいた。私の勘が良いというより、彼の反応が分かり易《やす》かったのね。

「何があったの。話して」

「なんもない」

「お願いだから、ちゃんと教えて」

しばらく押し問答のような状態が続いてから、ぼそっとサトルが呟いた。

「どうせ信じんよ」

その口調に、なぜか私はぞくっとした。彼の話を聞いてはいけない気が、急にし出したの。

けどさ、今になって「そうなの」って引き下がれないでしょ。第一それじゃ彼を見離すことになるしね。

「とにかく話してみて」

だから私は、その一点張りだった。それも強要するんじゃなくて、あくまでも相談に乗りたいって態度でね。

そのうちサトルも根負けしたのか、ぽつぽつと喋りはじめたんだけど、確かにちょっと信じられないような話だった。

その日の朝、サトルは一時間目の講義に出席するために、いつもより早めにアパートを出た。水路沿いの道は避けて、別のルートから大学に行こうとしたらしいの。遠回りになるけど、例の女に会うよりは増しだものね。

ところが、その道の途中に建つ電柱の陰に、黄雨女がいたのよ。まるで彼が別の道を選ぶことを見越して、ちゃんと待ち伏せしていたかのように、ぬっと佇んでいたらしいのよ。

慌てて引き返したサトルは、さらに遠回りをして大学へ向かった。でも、しばらく歩くと前方に、またしても黄雨女の姿が見えてきて……。

そんなことが四回もあって、怖くなった彼は結局アパートまで戻った……という話だった。

サトルが不安がったように、正直ちょっと信じられない気持ちだった。黄雨女が彼に付き纏ったことがじゃなくて、そんなに都合良く彼の先回りができるのかなって疑ったわけよ。

それが顔に出たのか、

「やっぱりな。信じてへんやないか」

たちまちサトルが臍《へそ》を曲げてね。それで私も慌てて、黄雨女の神出鬼没さを問題にしたら、

「そうやねん。どう考えても変やろ」

とたんに彼の顔色が変わって、目に見えて怯え出した。失敗したなって後悔したけど、もう遅かった。

「上手《うま》く先回りできたのは、ほんとにたまたまだったとか……」

急いで取り繕ったけど、もちろんサトルには通じなかったし、私自身も偶然だなんて思えなかった。そういうのって、どうしても相手に伝わるものでしょ。それで益々サトルの態度が硬化してね。

私は途方に暮れかけたけど、そこで妙案が浮かんだ。

「溝口《みぞぐち》さんに、黄雨女のこと訊いてみたらどう？」

溝口っていうのは大学の四年生で、サトルの学部の先輩だった。彼のアパートの近くに下宿してたので、私も一度だけ遊びに行ったことがある。面倒見の良い人だから、きっと相談に乗ってくれるはずだって考えたの。

この提案にはサトルも賛成したので、すぐに二人で訪ねて事情を話したら、

「へぇー」

溝口さんが感心したような素振りで、びっくりするような台詞《せりふ》を吐いた。

「あの雨女って、ほんとにいたのか」

もう二人とも驚いてさ。どういうことかって尋ねたら、

「俺が一年生のとき、クラブの先輩から聞いた話で――」

そう断ってから彼は、次のような話をしてくれた。

黄色の雨具を全身に纏った初老の女が、この辺りでは季節と天気を問わずに出没する。ただし立っているだけで一言も喋らないし、通行人に悪さをすることもない。しかし時折、急に誰かを凝視する場合がある。そういうときは、絶対に目を合わせてはならない。知らぬ振りをして、その場をすぐに立ち去る必要がある。そうしないと、とんでもない目に遭う。

「そんな……」

ここでサトルが悲痛な声を上げたので、私が掻《か》い摘《つま》んで彼の体験を溝口さんに話したら、先輩は急に笑い出して、

「まぁ続きを聞け。この雨女という奴《やつ》は、一種の都市伝説みたいなものだ。つまり実害なんかないのさ。目を合わせたのが我が大学の学生なら、留年するとか、卒業できんとか、そういう落ちになるんだよ」

「留年……ですか」

サトルは拍子抜けしたように見えた。

「それが本当なら、立派に害はあるわけだけど、もちろん嘘《うそ》というか、ただの噂《うわさ》というか、まぁ都市伝説の類なわけだ」

「で、でも……」

「お前は、その雨女を見たんだよな。それで実在してたのかって、俺も驚いたわけだけど、だからといって気にする存在じゃないだろ。留年や卒業できんのは勘弁だけどさ、本気にするのはどうかと思うぞ」

「……そうですよね」

溝口さんにはっきり諭されて、サトルも少し落ち着いたようだった。だから私も気兼ねなく訊けたの。

「その女性って、一体どういう人なんですか」

「俺が先輩から聞いたのは、ある大雨の日に、苛《いじ》められていた姑《しゅうとめ》に家を追い出されたとか、雨でスリップした車に旦那が轢かれて死んだとか、水路に子供が落ちて行方不明になったとか、旦那の浮気相手に家を乗っ取られたとか——そういうショックな出来事があって、そのせいで頭が可怪しくなり、以来そんな格好で近所を徘徊《はいかい》するようになった女……という話だった」

「つまり、この辺りに住んでいる人なんですね」

「多分な。とはいえ、今もいるとは限らんだろ」

「どうしてです？」

「俺をはじめ、ここ数年のうちに、肝心の女を見たって奴がいないからさ。そういう女が実際この辺りに住んでいて、何かとても辛《つら》い目に遭って、それで心を病んだのは事実かもしれない。ただ、そのあと入院したとか、引っ越したとかで、この町からいなくなったんじゃないか」

「……それが戻って来た」

ぽつりと呟くように、サトルが口にした。

「うん。その姿をお前が目撃した。向こうがお前に反応したのは、……旦那や子供に少し似ていたからとか、そんな他愛《たわい》のない理由だと思うぞ」

溝口さんが口籠ったのは、「死んだ旦那や子供」と言いかけて止めたからだと、私には分かった。でも幸いサトルは気づいてないらしく、彼の解釈をすんなり受け入れているようだった。

「そうは言っても、そんな女に関わりたくないのは、誰しも同じだからな」

しばらく溝口さんは考えていたが、ぱっと閃《ひらめ》いたとでもいう様子で、

「俺の友達で、自転車を売りたがってる奴がいる。安くさせるから、それを買って、自転車通学にしたらどうだ」

サトルは乗り気になり、私も賛成したので、その夜のうちに自転車の売買まですませたわ。

買ったばかりの自転車の後ろに私を乗せて、彼はアパートまで送ってくれた。これぞ青春の一齣《ひとこま》よねぇ。

翌日からサトルは、予定通り自転車通学をはじめた。行く手に黄雨女が見えると、別の道へ迂回《うかい》する。でも、そのうち側を突っ切るようになった。向こうも道の真ん中に出て、立ち塞がるような真似《まね》まではしなかったからね。もちろん黄雨女は彼が通り過ぎるまで、ひたすら凝視していたらしいけど……。

らしいっていうのは、彼の方は一瞥《いちべつ》もしなかったからなの。完全に無視したわけ。それでも視線って、やっぱり感じるものでしょ。相手が普通でないだけに、この場合は尚《なお》

更《さら》よね。

相変わらず黄雨女は現れたけど、徐々にサトルも気にしなくなって、二人の話題に上ることも少なくなっていったわ。

そのうち夏休みを迎えた。「旅行したいね」ってサトルと相談したものの、二人ともお金がなくてさ。それに私の親が「帰って来い」って煩《うるさ》いのよ。

仕方がないので私は帰省、サトルは海の家でアルバイトをすることになった。私も実家の手伝いをして――うちは商売やってたから――小遣い稼ぎをするので、お互いにお金を貯《た》めて、秋にでも旅行しようって約束した。

夏休み中、せっせと私は手紙を書いた。携帯もパソコンもない時代だし、家の電話だと側に親がいたからね。かといって公衆電話で、彼のアパートの共同電話に長距離をかけると、あっという間に百円玉が減るのよ。あんまり電話代を使うと、秋の旅行ができなくなるじゃない。ここは我慢しようと思った。

サトルから返事は来たけど、いつも文面は短かったなぁ。まぁ男の人なんて、たいていそうでしょ。

ところが八月のお盆過ぎに、大型台風が日本列島に上陸して、私たちの大学のある地方も少なからぬ水害に遭ったあと、珍しく彼の方から手紙が届いたの。それも異様なほど長文の、なんとも信じられない出来事が記されている手紙が……。

物凄い大雨に見舞われたその日、サトルは海の家のバイトが休みで、そこで知り合った友達の家に、選《よ》りに選《よ》って行こうとしていた。その友達の親は田舎の法事でいないので、遊びに来ないかって話になったみたい。

夏休みに入ってから、ずっと彼は海の家のバイトのために泊まり込んでいた。だから例の水路沿いの道を通るのは、本当に久し振りだった。黄雨女のことを忘れたわけじゃないけど、こんな酷い天候の日に、さすがにいるとは思わないでしょ。だから何の警戒もせずに、彼はその道を通ろうとしたんだけど……。

いたのよ。

あの女がお馴染《なじみ》の場所に、つまりガードレールの切れ目のところに、いつも通りに突っ立っていたの。

背後の水路では、ごうごうと物凄い量の雨水が流れてて、地面と水面の区別がほとんどつかない状態だった。そんな危険極まりない水路沿いに、例によって黄色尽くめの黄雨女が立っているのよ。

いくら何でも、そのまま知らんぷりはできないでしょ。とはいえ近づくのは怖いから、

「そんなとこにおったら危ない！　こっちに来るんや」

サトルは大声を出しながら、頻《しき》りに手招きした。

すると、それまで無表情だった女が突然、にぃぃって満面に笑みを浮かべて、黄色い

傘を広げながら、彼に差し出したの。

その瞬間、強烈な突風が吹いて傘が飛ばされ、よろっと女が膝から崩れた。とっさにガードレールの支柱に摑《つか》まったけど、すぐに水路から溢《あふ》れた大量の雨水に押されて、あっという間に暗渠の方へ流されてしまった。

女が流される刹那、サトルと目が合った。そのとき女は、はっきり叫んだっていうの。さとる……ってね。

いいえ。その女が彼の名前を知ってるわけないじゃない。彼女の亡くなった旦那か子供が、偶然にも同じ名前だったか、もしくはサトルの聞き間違えか。

すぐ彼のアパートに電話した。あんまり参ってるようだったら、予定よりも早めに戻るつもりだった。でも思っていたよりは元気で、ちょっと安心した。恐らく手紙に洗い浚《ざら》い書いたことで、精神的に少し落ち着けたのかもね。

「警察には……」

連絡したのかって訊いたら、

「いいや。せんかった」

短いながらも強い意思の感じられる返答があって、私もそれ以上は何も言えなかった。

「俺は大丈夫やから」

そう何度もサトルが繰り返すので、私は戻るのを止めたわ。

あのとき彼のところへ飛んで行ってたら、その後の展開も大きく変わってたのかなって、この歳になってもね、たまに振り返ることがある。

それでも私は結局、戻る予定を二日ほど早めた。やっぱりサトルが心配だったし、なにより会いたかったから。

大学近くの駅に着いたのが夕方で、ぽつぽつと雨が降り出していたけど、そのまま彼のアパートへ向かった。お土産を持って、びっくりする彼の顔を想像しながら。

でも、いくら部屋の扉をノックして、彼の名前を呼んでも、まったく返事がない。出かけてるのかなって扉に手をかけたら、なんと開いたのよ。不用心にも鍵を閉め忘れていたのね。

もう呆れながら、でも助かったわと喜びつつ、私は部屋に入った。

相変わらず散らかってたので、サトルが帰って来るまでに、部屋の片づけをしようと思って、机の上の何枚もの便箋に気づいた。どうやら手紙を書きかけのまま、彼は出かけたらしい。

いくら恋人でも、勝手に手紙を読むのは不味《まず》いでしょ。けど気になるじゃない。それで遠目に覗《のぞ》いてみたら、それが私宛てだって分かった。

ならいいかって読んでみたら、さぁっと顔から血の気が引いてね。ほとんど貧血のようになって、しばらく動けなかったくらい。

手紙によると、サトルがバイトをしていた海の家は、台風のあとも、その辺りでは一番最後まで店を開けていたっていうの。それで、いよいよ店を閉める日、片づけを終えたサトルは、バイト仲間たちと海辺をぶらついた。軽食と飲み物を店の人にもらったから、何処か座れる場所を見つけようとしたわけ。

海の家から少し離れた所に岩場が見えたので、そこに彼らは向かった。岩の上に陣取るか、その向こう側に行けば、適当な場所があると考えたのね。

一番年下のサトルが先に行って、岩場を攀《よ》じ登って向こう側に下りてみたんだけど、そこでとんでもないものを見つけてしまった。

ごろんと横たわった死体……。

大きな岩に隠れてたけど、そこには水路トンネルの出口があったの。どうやら遺体はあの台風の日に、何処かから流されて来て、そこでトンネルから吐き出されたものの、岩場に引っかかって沖まで運ばれなかったみたいなの。

何処かから……。

その場所がサトルには、瞬時に分かった。なぜなら目の前の死体が、あの黄雨女だったから。

海辺の生物にでも食べられたのか、ぽっかりと空洞になった両方の眼窩《がんか》が、凝っと彼を見詰めていたそうよ。

彼は慌てて引き返すと、こっちは駄目だと嘘を吐いた。だから警察にも連絡しなかった。いずれ誰かが発見するだろうし、あの特徴的な雨具のお蔭《かげ》で、きっと身元もすぐに判明するに違いないと考えた。酷い対応だと自分でも感じたけど、とにかく黄雨女に関わるのが厭《いや》だったのね。

バイトの打ち上げも早めに切り上げて、彼はアパートに帰った。

翌日は雨だった。サトルが駅前まで行こうと、例の水路沿いの道に入ったら、全身に黄色い雨具を纏った何者かが、あの場所に立っている。

もちろん黄雨女であるわけがない。同じような格好をした別人に違いない。そう思ったものの彼は怖くなって、別の道へと急いで逃げた。

その帰路に、恐る恐る水路沿いの道を覗くと、誰もいない。ほっとしたサトルがアパートに向かっていると、道の先に見える狭い路地の角に佇む、黄色い人影らしきものが目に入った。

その場から彼は走って逃げ出すと、かなりの遠回りをしてアパートに帰り、この手紙を書き出したようなの。

翌日も雨だった。外出するのが恐ろしかったけど、このまま確かめないのも怖くて仕方ない。それでサトルは、問題の路地と水路沿いの道を見に行こうとした。

そうしたら、アパートから三、四分くらいの所にある真っ赤な郵便ポストの陰に、黄色いものが立っている。

分かる？　水路沿いの道、路地、郵便ポストっていうように、それが少しずつ彼のアパートに近づいてるのが……。

その翌日も雨だった。でもサトルは一日中、外に出なかった。ずっと部屋の中にいた。ただし頻繁に窓から外を眺めた。こっちに向かって来るあれの姿が見えるんじゃないかって、常に怯えながら……。

さらに翌日も雨だった。私がサトルのアパートを訪ねた日よ。この日も彼は朝から外に出なかった。そして私宛ての手紙を書き続けた。

午後には雨が激しさを増し、辺りは夕刻のように暗くなった。窓を開けていられないほどの、物凄い雨量だった。

サトルが部屋の電気を点《とも》して、なおも手紙を書いていると、

……とん、とん。

部屋の扉を叩く音がした。

私が早めに戻って来たのかと、とっさに喜んだものの、それなら彼の名前を呼ぶはずでしょ。

……とん、とん。

しかし扉の向こうにいる者は、ひたすら単調にノックを繰り返すだけで、一言も喋ら

ない。

……とん、とん。

……とん、とん。

その緩慢な物音の連続が、次第に彼の神経に障り出した。

「だ、誰ですか」

扉の前まで行って、サトルが絞り出すような声で尋ねると、ぴたっとノックが止んだ。

そして今度は、

……べたっ、びちゃ。

ずぶ濡《ぬ》れの雑巾を扉に当てているような音が、廊下から聞こえてきた。

——という経緯が次第に乱れて崩れていく筆跡で、手紙には克明に書かれていたわ。

名前を呼ばれた……。

もうあかん。

それが最後に記された文字だった。

私は今にも吐きそうな気分が治まるのを待って、溝口さんのアパートを訪ね、サトルの手紙を見せた。

「あいつは？」

まず溝口さんが心配したのは、サトルの安否だった。

「部屋にいないんです」

そう答えると、心当たりに片っ端から電話をして、彼を捜すように頼んでくれた。そのうえで手紙に再び目を落として、頻りに首を傾《かし》げ出した。

「問題の女のことも変だけど、ここに書いてある天候も妙だよな」

「どうしてですか」

「だって昨日も一昨日もその前の日も、雨なんか降ってないからさ」

そこで私は、あっ……て思った。

その日、夕方に駅に着いたとき、ぽつぽつと急に降り出したけど、それまで雨だった気配なんか少しもなかったのよ。なのにサトルは、午後から激しい雨になったって手紙に書いてる。変じゃない。

しかも溝口さんによると、昨日までの三日間、こっちでは雨が降っていない。けれどサトルは、毎日が雨だったと記してる。可怪しいでしょ。

……結局、そのままサトルは行方不明になってしまった。

田舎からご両親が出て来られて、私もお会いしたんだけど、まったく何のお役にも立てなくて……。

いいえ。彼の手紙については溝口さんと相談して、ご両親には見せなかったの。それで良かったのかどうか、ずっと私は悩む羽目になったけどね。

でも、あの手紙を見せていたら、きっとご両親は……ううん、この話はいいわ。

えっ？

ああ、そこに気づいたのね。

そうなの。黄雨女を見たって言ってたのは、結局はサトル独りだった。

彼の行方が分からなくなってから、私は大学の友達にも協力してもらって、できるだけ多くの学生に尋ねた。

黄色い雨具を全身に纏った女性を見たことがあるか——ってね。

その結果は零《ゼロ》だった。ただし溝口さんから教えられた、例の都市伝説めいた噂を知っている者は何人かいた。けど当然、誰も本気にしてなかった。

次に私は、黄雨女が何処の誰だったのかを突き止めようとした。台風の日、町中《まちなか》の水路に落ちて、恐らく暗渠に流され、数日後に海辺の水路トンネルの出口で遺体が見つかった女性がいるなら、絶対に分かるはずでしょ。

ところが、そんな人いないのよ。新聞社にも警察にも問い合わせたけど、こっちも該当者が零なの。

この辺りから私、なんだか怖くなってきてね。大学にも碌《ろく》に来ないって、友達にも心配され出してたから、もう止めようと思って……。

そうしたら溝口さんから、とんでもないことを知らされた。下宿先の大家さんを通じて、町内の人たちに黄雨女のことを、彼も尋ねたらしいの。その結果、そんな格好をした女性が確かにいた、と言う人が現れた。

ただし、その女は三十年以上も前の台風の日に、大雨が降る中、黄色い雨具を着たまま外へ飛び出して、そのまま行方不明になったはずだ……っていうの。

ううん。その女性が子供や夫を亡くしたのか、なぜ黄色の雨具を着てたのか、普段から水路沿いの道に立ってたのか、そういったことは何一つ分からなかった。

ある台風の日に、行方知れずになった。はっきりした事実はそれだけだったわ。

私は一瞬、そのとき女性は誤って水路に落ちたものの、何処かに引っかかってしまい、それが三十年振りにトンネルから流れ出て、その遺体をサトルが見つけた……っていう状況を考えたんだけど、それだと遺体は白骨化していたり、あるいは屍蠟《しろうか》化していたりするはずで、絶対に彼も気づいたと思うの。

それにね、仮に遺体の問題が片づいたとしても、その後にサトルが何度も目にした黄雨女の説明は、まったくつかないでしょ。

そうね。要は一切が謎のまま……。

ただ、これで終わりじゃないの。この話を雨の日に誰かに喋ると……いいえ、黄雨女を見るわけじゃないわ。それは大丈夫だから安心して。

でもね、正に亡くなろうとしているか、または亡くなったばかりの遺体と、その人は遭遇するようなの。ええ、この話を聞いたあとで……。あっ、だけどそれは人間とは限らないみたい。動物や虫ってこともあるようね。

これまでに何人も、そういう目に遭ってるの。だから話をする前に、さっき天気を確かめに行っておいたのよ。

凄い曇り空だったけど、雨は降ってなかった。それで話す気になったわけ。

今？　さぁ、どうかしら。

この話をしてる間に、もしも降り出していたら……。

すれちがうもの

もう十数年も前になるだろうか。次のような設定のミステリ小説を、つらつらと考えたことがある。

その日の朝、主人公の父親——別に母親でも、兄弟姉妹でも構わない——が、家を出たまま行方不明になってしまう。昼過ぎに会社から家に電話があり、父親の無断欠勤が分かるのだが、家族には何の心当たりもない。

事件にでも巻き込まれたのか。

心配した家族は警察に届ける。しかし、あまり熱心には動いてくれない。交通事故などで病院に搬送されながら、身元不明者扱いになっている者の確認をしたくらいだった。それも該当者がいないと分かると、「もう少し様子を見ましょう」と言うばかりで何もしない。

ところが、夜になっても父親は帰らなかった。翌日も、その翌日も同じだった。いつも通りに出勤したまま、父親は失踪してしまったのである。

主人公は捜そうとするが、そもそも何処《どこ》へ行って、どう調べれば良いのか、まったく見当もつかない。会社の人に尋ねても何の手掛かりも得られず、逆に「お父さんはどうしたのか」と訊《き》かれる始末である。

ちなみに主人公は、それなりに時間が自由に使える立場が良いだろう。ここでは仮に長男で、大学生の隼介《しゅんすけ》としておく。

途方に暮れた隼介は、父親と同じ時間に家を出て駅まで歩いてみようか……と、ある朝ふと考える。同じ行動を取ることで、何か得るものがあるかもしれない。まさに藁《わら》にも縋《すが》るような気持ちだった。

家から駅までは、徒歩で十五分ほどかかる。途中、交差点や川沿いの道も通るが、特に危険と感じられる場所もなく、また不審者と思《おぼ》しき者も見当たらない。駅から電車に乗り、勤務先の最寄り駅で降り、会社まで七、八分ほど歩いても、それは同じだった。だが隼介は翌日も、父親の通勤経路をなぞった。次の日も、また次の日も、この行動を繰り返した。すると四日目に、ようやくあることに気づいた。

家から駅までの道程で、自分は毎朝ほぼ同じ人たちと出会っているのではないか。しかも彼らや彼女らと擦れ違う場所も、ほとんど一緒ではないだろうか。

こちらが自宅から駅へ、つまり南へと向かうのに対して、あちらは逆に駅から北へと歩いてくる。この四日間ほぼ同じ顔触れと、ずっと擦れ違い続けているらしい。ということは、この辺りに通勤あるいは通学しているに違いない。となると父親とも、きっと毎朝のように顔を合わせていたのではないか。

隼介は背広姿の父親の写真を用意すると、翌朝から聞き込みをはじめた。擦れ違う人を呼び止め、父親失踪の事情を話したうえで、当日の朝、彼を見たかどうかを訊くのである。もちろん誰も、父親のことは知らないだろう。だが、月曜から金曜までの毎朝、単に擦れ違うだけの関係とはいえ、彼らや彼女らは顔を合わせているのである。

「そう言えば、この人の姿を、いつからか見ていない気がする」

そんな風に証言する人が、一人や二人いたとしても不思議ではない。とはいえ、これは時間との勝負だった。相手の記憶が薄れないうちに尋ねる必要がある。

ここで唐突ながら、もしも本作を書く場合は、父親が失踪した日に、何か世間を騒がせる大きな事件が起きていたとか、そういう工夫がいるなと思った。特別な出来事と結びつけない限り、何日前の朝には擦れ違ったが、翌日は出会わなかった——などと、普通は記憶に残らないからだ。こういう細部の詰めが、創作では重要になってくる。

さて、その日に起きた大事件のお蔭《かげ》で、隼介の問いかけに、「あぁ、あの日の朝ですか」と反応する人が、ちらほら現れはじめる。同じ試みを三日も続けると、父親が毎日のように擦れ違っていた人たちの、ほぼ全員と接触することができた。

その結果、証人の四人目と五人目の間で、どうやら父親は消えてしまったらしいと分かる。当日、最初に擦れ違う一人目から四人目までは、「お父さんを見た」と証言しているのに、五人目以降は「見ていない」と否定したからだ。場所で言えば、二十数年前から営業していない銭湯と、駅近くの理髪店の間の、ほんの百メートルほどの区間である。この銭湯から理髪店の何処かで、父親は道を逸《そ》れたことになる。自らの意思か、誰かに強要されたのか、それは依然として謎ではあったが……。

手はじめに隼介は、ほとんど廃墟《はいきよ》のような元銭湯を調べてみようと考えた。あとから増築された表のコインランドリーのみが営業しており、それ以外の建物は閉鎖されて、まったく人気《ひとけ》がないのが、なんとなく怪しいと映ったからだ。

しかし、取り敢《あ》えず近所を尋ね回っても、何も出てこない。この手の物件にありがちな、不良の溜《た》まり場になっている、ホームレスが住み着いて困る、幽霊の出る噂《うわさ》がある、という類の話さえ一向に聞こえてこない。

空振りだったかと隼介は意気消沈するが、やがて彼の周囲で、なんとも奇っ怪な出来事が起こりはじめて……。

導入は面白いと思ったのだが、実は今に至るも書いていない。なぜ父親は失踪したのか、という謎に対する魅力的な解答を、どうにも考えつかなかったせいだ。ありきたりの動機では納得できず、かといって意外性のある真相も浮かばず、結局そのまま放置する羽目になってしまった。

いずれは使える設定だろうと考えていたのだが、どうやら諦めたほうが良さそうである。なぜなら先日、某所で知り合った藤崎夕菜《ふじさきゆうな》という二十代半ばの女性に、以下に紹介する体験談を聞けたからだ。

「まったくお話が違うではないか」

彼女の体験に目を通して、そう感じる読者が、もしかするといるかもしれない。だが、通勤の途上で擦れ違う人が問題となる——という状況は同じである。そんな体験談を披露する以上、僕のアイデアは捨てるべきだろう。いや、それ以上に彼女の話のほうが、実は面白かったからという理由もあるのだが。

なお、彼女の体験の中にも廃業した銭湯が出てくるが、ただの偶然である。また本人の名前も含めて登場する人物名は、すべて仮名であることをお断りしておく。

＊

まだ朝晩はかなり肌寒い、三月下旬の月曜日の朝、いつも通り夕菜は六時四十五分に起床した。

新入社員の頃、同期たちに尋ねたところ、朝はギリギリまで寝ていたいので、家を出る三十分前に起きる、と答える者が多かった。しかも、その時間のほとんどは、洋服選びと化粧に費やされる。そして時間がないから、またはダイエットのため、という名目で朝食を抜くのだ。

だけど夕菜は、母親と約束していた。

「あんた、独り暮らしするからいうて、朝ご飯を抜いたらあかんよ」

高校卒業後は両親の希望通りに、地元の大学へ進学した。しかし、就職活動は親の反対を押し切って、東京で行なった。地元ではあまりに選択肢が少なかったからだ。

なんとか一次志望の会社に受かると、両親も渋々ながら認めてくれた。ただ、それからは彼女が戸惑うほど、親のほうが熱心になった。特に引っ越し先の部屋を決めるのが大変だった。

「はじめての独り暮らしやから」

二言目には、そう口にした。とにかく会社から近く、治安が良くて便利な町で、建物の防犯がしっかりしており、変な住人もいない。そんな物件を両親は求めたが、そうそう見つかるものではない。仮にあっても、新入社員の給料では無理だった。

結局、父親が家賃の半分を負担すると言い出して、今のRマンションの部屋に、強引に決めてしまった。

社会人になっても親の脛《すね》を齧《かじ》ることになるのが嫌で、夕菜は抵抗したのだが、両親もまた譲らなかった。

「ここに住まんのなら、東京に出ることも許さん」

父親にそこまで言われ、彼女は折れた。取り敢えず入居して、時期を見計らって引っ越せばいい。そう自分を納得させたのだが、そんな考えも今は昔である。

社会人になって一年が経《た》ったとき、もっと家賃の安い物件を、夕菜は探してみた。だが、近場だと部屋が狭くなるうえ、建物の防犯性も落ちてしまう。かといって部屋と建物の現状を維持しようとすると、とても会社から遠くなる。という当たり前の厳しい現実に直面した。どちらを選ぶにしても、今後の生活が大変になる。

お父さん、ごめん。

彼女は心の中で謝ると、もう少しだけ親に甘えることにした。その代わりというわけではないが、ちゃんと早起きをして母親との約束を守っている。自分でも真面目だなと思うが、この性格は父親譲りかもしれない。

Rマンションの最上階の――といっても五階だが――五一〇号室を出るのが、七時四十五分になる。最寄りのK駅までは、歩いて十五分ほどかかる。そこで八時五分発の電車に乗るために、いつも彼女は少し時間に余裕を持たせていた。

その月曜日の朝も同じだった。会社へ行く支度をして、時間通りに部屋から出ようと扉を開けた。

きんっっ、からからっ。

そのとたん、扉に何かが当たったような物音が聞こえた。

不審に思いつつ廊下へ出ると、小さな硝子《ガラス》の瓶が転がっている。しかも、その瓶には一輪の花が挿してあった。もっとも花といっても、道端に咲いている珍しくもない野草である。

えっ？

とっさに思い浮かんだのは、マンションの住人の誰かが、その花を何処かで摘んで硝子の瓶に入れ、彼女の部屋の扉の前に置いている姿だった。

でも、いったい誰が？

ここに知り合いは一人もいない。引っ越して来たとき、エントランスの詰所にいる管理人の野田《のだ》と、両隣と真下の部屋には、母親と一緒に挨拶回りをした。三部屋とも住人は三十代の夫婦らしき男女で、両隣の人とはたまにエントランスやエレベータで会うが、それだけの付き合いである。管理人とも朝晩の挨拶をするだけに過ぎない。真下の部屋の人と顔を合わせたのは、挨拶回りのときだけかもしれない。

子供の悪戯《いたずら》？

こんなことをする理由を考えると、そうとしか思えない。おおかた道で拾った瓶に、近くで咲いていた野草を挿して、適当に選んだ部屋の前に置いただけではないか。つまり五階に住んでいる子供の仕業である。それもエレベータを降りて、自分の部屋へ行く途中に、夕菜の五一〇号室があると見なすのが自然だろう。すると五一一から五一六号室までの、いずれかの子供ということになる。

けど、それくらいの歳《とし》の子って、あっちの六室にいたっけ？

隣の五一一に子供はいない。五一二より先はよく分からないが、確か五一三に赤ん坊が、五一四に三歳くらいの男の子がいるくらいではなかったか。

同階の他の九部屋――五〇九から五〇一号室――まで広げると、該当する子がいるのかもしれない。だが、わざわざこちら側まで、こんなものを置きに来るだろうか。

あっ、やっぱり違う。

昨日は午後の遅い時間から、大学時代の友人の片桐陽葵《かたぎりひなた》と会っていた。夕食を兼ねた飲み会になったので、帰宅は二十二時を過ぎてしまった。そのとき扉の前には、まったく何もなかった。この花挿しの瓶が置かれたのは、それ以降ということになる。

子供じゃない……。

改めてそう思った夕菜は、とっさにぞっとしたのだが、ふと腕時計に目をやり、もっと慄《おのの》いてしまった。

遅刻する！

彼女は扉を施錠すると、転がっている瓶を廊下の隅に立て、そこから小走りになった。

エレベータは二基あり、一つは一階に、もう一つは五階に、利用者がいないときは待機する仕組みになっている。幸いにも五階で停《と》まっているエレベータに乗ることができたので、あとは少し早歩きでK駅へと向かった。

こういうときに、普段よりどれほど自分が遅れているのか、それを知らせてくれるのは、実は時刻ではない。部屋を出るのが七時四十五分と確かに決まってはいるが、信号のある交差点に差しかかるのが何分で、コンビニの横を通るのが何分だと、別に覚えているわけではないからだ。それよりも頼りになるのは、ほぼ毎朝のように自分と擦れ違う人である。

いつもなら夕菜が交差点の横断歩道を渡るか、信号待ちをしているときに、道路の向こう側に現れる背広姿の男性が、今朝はすでにこちら側に着いて、彼女と擦れ違っていた。この事実だけを見ても、どれくらい遅れているかが分かるため、夕菜はさらに足を速めた。

もちろん当の男性自身が、普段よりも早く起きた、または寝坊した可能性もあるため、彼だけを目安にするのは危険かもしれない。しかし、そんな風にほぼ毎朝、決まって擦れ違う人は他にも複数いる。彼女が駅に着くまでに、少なくとも七、八人は数えられるだろう。仮に一人か二人が当てにできなくても、顔だけ知っているお馴染《なじみ》さんの何人もと擦れ違い続ければ、今朝はどの程度の遅れなのか、自然に察することは容易《たやす》い。

それにしても意外と長い間、部屋の前で考え込んでたんだ。

あれが空き缶だった場合、こんなところに捨ててと怒りながらも、すぐに出かけていたに違いない。そうならなかったのは、野草とはいえ一輪の花が挿された硝子瓶が、自室の前に置かれていたからだろう。

あれって、まるで……。

誰かが亡くなった現場にそっと供えられた、死者を供養するための献花のようではなかったか。

……厭《いや》だ。

縁起でもないと夕菜は感じた。しかし、そんな行為を見ず知らずの大人がやるわけがないと、改めて思ったところで、やっぱり子供の悪戯だったのだと合点《がてん》した。テレビで似た光景でも目にして、それを真似《まね》たのだろう。今朝の行ないだと考えれば、幼稚園や小学校へ行く前に、いくらでもできたはずである。五一〇号室が選ばれたのは、本当にたまたまではないか。きっと深い意味などないのだ。

踏切の手前まで来たときには、そう結論づけていた。明日以降も続くようなら、管理人に相談すれば良い。野田は住人の要望や苦情を、きちんと聞いて対応してくれるので安心できる。

いつもなら立ち止まることなく渡れる踏切だが、この日は違った。ちょうど急行電車が通り過ぎている最中で、これが行ってしまってから三十秒ほど待って、彼女が通勤で乗っている普通電車が発車する。まさにギリギリだった。

こっち側にも改札を作るか、地下道でもあればいいのに。

普段は特に不便とは感じなかったが、こういう状況に陥ると別である。年に二、三度くらいしか覚えない不満が、一気に大きく膨らんでしまう。

やや苛《いら》つきながら夕菜が待っていると、通過する電車越しに、ちらちらと黒い人影が目についた。ちょうど彼女の正面に当たる踏切の向こうの右端で、こちらへ渡りたい人が、どうやら待っているらしい。全身が黒っぽく見えるのは、きっと丈の長いコートを着ているせいだろう。頭部も同様に映るのは、黒い毛糸の帽子でも被《かぶ》っているからか。

寒がりなのね。

それでも今の時季の服装にしては、ちょっと大袈裟《おおげさ》ではないかと感じていると、ようやく最後尾の車両が、目の前を通り過ぎていった。

えっ？

そのとたん、夕菜は固まった。

数秒前まで断続的に見えていた黒い人影が、踏切の向こうにいない。とっさに端から端まで確かめたが、黒っぽい服装の人など一人も見当たらない。

すぐに警報音が鳴り止《や》んで遮断機が上がると、両側で待っていた人々が、いっせいに歩きはじめた。それに釣られて彼女も足を踏み出したが、向こう側へ渡るのが少し怖くなった。

つい先程まで黒い人影が立っていて、電車の通過と同時に消えてしまった右端を、まさに通ることになるからだ。駅舎が踏切を渡った右方向にあるため、毎朝そこを彼女は歩いていた。だが今朝は、できれば避けたい。

夕菜は小走りで、わざと右端を回避しながら、改札口へ向かった。そのとき擦れ違った高校生が怪訝《けげん》な顔をしたのは、いったい彼女が何を避けたのか、きっと分からなかったからだろう。

いつもの電車に乗れてほっとしたものの、気持ちはもやもやしていた。

今朝は変なことばかり……。

部屋の前に置かれた奇妙な一輪挿しと、踏切の不可解な人影。互いに関係があるとは思えないが、だからこそ薄気味悪く感じられてしまう。

もしかすると会社に着くまでの間に、また別の変なことが……。

我が身に降りかかるのではないかと、つい夕菜は身構えてしまった。

K駅から二十分ほど電車に揺られ、到着したS駅で地下鉄に乗り換えると、約十分でN駅である。そこから会社までは徒歩で十分なので、乗り継ぎの時間を入れて、まだ四十五分はかかる。

普段なら特に意識もしない、通い慣れた通勤ルートなのだが、この日の彼女にとっては、あたかも初出社のときのような緊張感があった。

幸い会社には無事に着くことができた。仕事中も昼休みも、特に変わったことは起きなかった。

気の回し過ぎか。

そう思って安堵《あんど》したものの、退社する際には再び緊張していた。それがピークに達したのは、K駅に着いてRマンションまで帰るときである。

いつもの道が、なんだか恐ろしい。

そこで遠回りをしようかと考えたが、どうにか我慢した。そんなことをすれば、何か得体の知れぬものに自分が関わっていると、まるで認めたようになってしまう。すると本当に、その何かがやって来そうに思えた。

気にしないのが一番。

夕菜は気丈に振る舞うことにして、帰路を急いだ。

だが、Rマンションまで帰り着き、エレベータに乗って五階で降り、廊下を五一〇号室まで歩き出したとたん、急に不安にかられた。

新しい一輪挿しが、またあったら……。

前方に目を凝らしたが、部屋の前には何もない。

……良かった。

と安心したのも束《つか》の間《ま》、今朝の瓶を誰が片づけたのか、それが気になった。

管理人さん?

そう思ったが、野田ならゴミとは見なさないかもしれない。受付の窓辺にでも置いておき、「お心当たりの方はお持ち下さい」という貼り紙を出しそうである。

悪戯をした子供か。

当人が持ち帰った可能性が、もっとも高い気がした。

「ただいまぁ」

扉を開けて入りながら、誰もいない室内に声をかける。出かけるとき、「行ってきます」とは言わないのに、なぜか帰宅時には口にしてしまう。

淋《さび》しいのかなぁ。

だからといって実家に戻りたいとも、結婚したいとも、それほど思わない。姉妹でもいて同居できれば良いのだが、生憎《あいにく》一人っ子である。

そのとき、とっさに淋しいという言葉から、あの一輪挿しを連想してしまい、なぜかぞっとした。

「あぁっ、もう忘れよう」

わざと夕菜は声に出すと、夕食を簡単にすませて、少しテレビを観《み》てから風呂に入り、ワインを飲みつつスマートフォンを弄《いじ》り、いつもより早くベッドに入った。

まだ月曜だというのに、往復の通勤だけで疲れてしまった。明日からは平常に戻さなければならない。それには睡眠をたっぷり取るのが一番である。

お蔭で翌朝の目覚めは、とても爽やかだった。それでも一瞬、彼女は硬い表情になると、玄関まで行って扉を開け、ぱっと廊下を覗《のぞ》いた。

……何もない。

自室の前だけでなく、左右に延びる廊下の何処にも、目につくものはなかった。七時四十五分に出かけるときも、それは同じだった。

Rマンションから K 駅まで、すっかりお馴染の人たちと、ほぼいつも通りの場所で擦れ違いながら、夕菜は実感していた。

毎日の繰り返しって退屈だけど、これこそが平和なんだわ。

こんな台詞《せりふ》を片桐陽葵に言えば、きっと「年寄りみたい」と笑われるだろう。そう考えて苦笑しているうちに、踏切が見えてきた。

ここで彼女は、このまま道の右側を進んで良いものか、と思わず躊躇《ちゅうちょ》した。今朝は電車の通過待ちをする必要もなく、すぐに踏切を渡れるはずである。ただ、そうなると例の人影が立っていた地点を、彼女は歩くことになってしまう。

今までも通ってたんだから……。

そう思って真《ま》っ直《す》ぐ進もうとしたが、踏切の数メートル手前で、なんとなく道の左側へと移動した。道幅分だけ駅から遠ざかることになるが、すっと自然に身体《からだ》が動いた感じだった。

　ところが、踏切を渡ろうとした瞬間、あっと夕菜は叫びそうになった。

……昨日の黒い人がいる。

　それも本来は自分が渡るはずの、踏切の手前の右端に立っているのが、さっと視界に入ってきた。とっさに目を向けそうになったが、なぜか見てはいけない、という思いに囚《とら》われた。わざと視線を外すと、とにかく駅へ急ぐことにした。

　しかし、改札を通る間も、電車に乗って落ち着いても、あの黒い人が気になって仕方ない。

　昨日は踏切の向こうに立ってたけど、今朝はこちらへ渡ってた。

　夕菜が今日、ちゃんと通常の時間にマンションを出たので、その分だけ進んだに過ぎない……と納得しかけて、まったくの逆だと気づいた。

　昨日の彼女は遅れていた。それで黒い人が踏切の向こう側にいたのなら、今朝はもう少し駅から遠くを歩いている最中ではないか。まだ踏切まで辿《たど》り着いていないはずではないか。

　昨日と今日と、あの人が同じ時間に家を出ていたら……だけど。

　当たり前だが、そんなことは分からない。偶然にも二日続けて目にしただけで、明日は擦れ違わないかもしれないのだ。

そもそも私は、あの人を見たの？

昨日の朝は、通過する電車越しに認めていたはずなのに、その電車が通り過ぎたあとには、もういなかった。

今朝もよく考えてみれば、ちょっと可怪《おか》しい。確かに踏切の数メートル手前で、夕菜は道の右から左へ移動した。だが、黒い人が視界に入ったのは、本当に踏切を渡る直前だった。もし、あの人が普通に踏切を通ってきたのなら、彼女がまだ道の右側を歩いていたときに、遠目にでも見つけていたはずである。昨日の今日なのだ。全身が真っ黒な人物に、まったく気づけなかったとは思えない。

昨日は突然ふっと消えて、今朝は突然ふっと現れた……。

そんな風に映る。だが、改めてその状況を思い描くと、とても信じられない気持ちになった。自分で体験しておきながら、なんだか胡散臭《うさんくさ》いとまで感じてしまった。

怪談好きな会社の同僚に話したら、「そこの踏切で自殺した人がいて、その地縛霊が出たのよ」とでも言うに違いない。

夕菜も怖い話は嫌いではないが、真剣に取り合う気は毛頭ない。あくまでも娯楽として怖がるだけで、それ以外のものは何も求めていない。

きっと何かの錯覚ね。

そう結論づけて、もうこの件は考えないことにした。

それでも翌日の水曜の朝、いつも通りK駅へ向かっていた夕菜は、前方に踏切が見えてきた所で、自然に身構えてしまった。もう十数メートルも進めば、昨日の朝、道を右から左へ移動した地点に差しかかる。

今朝も同じように、やはり道を渡るべきだろうか。駅舎は右手にあるのに、わざわざ反対側へ移るのか。あの黒い人はきっと目の錯覚なのだから、そんな必要はもうないのではないか。でも、月曜の朝に覚えた薄気味悪さは、今でも少し残っている。それを無視できるのか。

ほんの数歩のうちに、夕菜は迷いに迷った。直前まで進んで、そのときの衝動に身を任せるしかないか、と思っていたときである。

彼女の数メートル先を、同じように駅へ向かって歩いていた背広姿の男性が突然、慌てて左へ身体を避《よ》けたと思ったら、その向こうに黒い人がいた。

あっ……と夕菜が立ち止まると、どんっという衝撃を背中に受けた。振り返ると片手にスマートフォンを持った女子高生が、ぶすっとした顔で彼女を睨《にら》んでいる。

相手もスマホを見ながら歩いていたようなので、お互い様だったわけだが、

「……ご、ごめんなさい」

とっさに夕菜は謝った。急に立ち止まった自分のほうが、やはり悪いと思ったからだ。

女子高生も軽く頭を下げて立ち去ったので、自分の非が分かっているらしい。

このやり取りのあと、急いで見直したが、もう黒い人はいなかった。

また錯覚を……。

と片づけるには、黒い人を避けたらしい男性の行動が、どうにも引っかかる。それに彼は道を空けただけでなく、そうしたあとで、ちらっと振り返ったのだ。その様子を夕菜は、後ろの女子高生と顔を合わせる寸前に、辛うじて目にしていた。

いったい今、俺は何を避けたんだ……とでもいうように、男は不審がっているようだった。その反応が、とても忌まわしく感じられてならない。

夕菜は再び歩き出すと同時に、道の左へと渡った。

月曜は踏切の向こう側に、火曜は踏切を渡り切った所に、今日は踏切から数メートル離れた地点に、あの黒い人はいた。つまり駅のほうからこちらへと、少しずつ移動していることになる。

何処へ行く気なのか。

そもそもあれは何なのか。

黒いコートと帽子を纏《まと》った人間だとは、もはやこうなると思えない。

では、いったい何か……。

そこまで考えて、ぶるっと夕菜は身体を震わせた。

別に関わらなければいいのよ。

仮にあれが踏切に憑《つ》いた地縛霊だったとしても、それと彼女の間には何の関係もない。まったく知らぬ振りをすれば良いのである。

そんな風に捉えたとたん、すうっと心が軽くなった。

翌日から夕菜は、踏切が見える直線の道に入ると、すぐ左側を歩くようになった。なるべく右端には目を向けないように注意して、意図的に左方向へ視線を流す。これなら視界の右隅に、ふいに黒い人影が入る心配もない。

実際その日から彼女は、まったく黒い人を目にしなくなった。歩く側を変えただけで、以前と同じ退屈だけど平和な朝の通勤風景が、なんなく戻ってきたのである。

そして週末が過ぎて翌週になり、夕菜が最後に黒い人を見てから、ちょうど一週間目となる日の朝だった。

そのとき彼女は、住宅地の道を駅へと向かっていた。そこは両側に民家が並ぶ以外は、小さな保育園と場違いなスナックの二軒が目立つだけで、特に何の変哲もない道路だった。そこを進んで左へ曲がれば、踏切へ続く直線の道に出る。

その日の朝も、夕菜が道の右側を歩いていると、いきなり前方から、ぞくっとするほど気色の悪い寒気のようなものが、自分に向かってくる気配を覚えた。

彼女が本能的に、さっと左へ避けたのとほぼ同時に、すぐ真横を黒い人が擦れ違って行った。

ぞわぞわっ……と右の二の腕に鳥肌が立ち、その場で夕菜は固まった。

あれだ……。

一週間のうちに、ここまで進んでいたのだと分かり、それはもう驚いた。もちろん恐ろしさもあったが、ずっと移動していたらしい「事実」に、まず驚嘆させられた。先週の月曜から水曜までの動きを考えれば、充分に予想できたことである。しかし、実際にその移動を見せられると、さすがに衝撃を覚えた。

それに、曲がってる。

黒い人が道を折れたことが、何よりショックだった。あれは踏切の前の道を、ただ行き来しているだけだと思っていた。無意識にそう決めつけていた。だが黒い人は、どうやら本当に何処かへ向かっているらしい。

自分には関係ない、まったく関わるつもりもない、と思う前に好奇心が刺激され、つい彼女は考えてしまった。

いったい何処へ？

割とすぐに浮かんだのは、住宅地へ入る前の道沿いに見える、小さな寺だった。そこには墓地もあったため、余計にそう思えたのだろう。

あそこなら、今度こそ大丈夫だわ。

その寺は幅の広い道路の左手にあったが、夕菜が利用しているのは右側の歩道である。おそらく黒い人は住宅地を通り過ぎると、道路を向こう側へ渡り、そのまま寺に入って行くのではないか。つまり彼女と擦れ違うことは、もう絶対にないわけだ。

翌日から夕菜は住宅地の道に入ると、左側を歩くようにした。視線を左手に向けるのも同じである。

ただ、四日、五日と経つうちに、ある可能性を想像して、毎朝の通勤が怖くなった。なぜなら広い道路から住宅地の道へ曲がる瞬間、あれと出会《でくわ》してしまうかもしれないからだ。運悪くタイミングが合えば、そんな事態にもなり兼ねない。

もしかすると今朝かも……。

びくつきながら毎朝を過ごすうちに、一週間が経っていた。彼女の「計算」によれば、すでに黒い人は広い道路を渡って、寺側の歩道を進んでいるはずである。

……助かった。

あとは寺に行った黒い人が、そのまま消えてくれることを願うばかりである。

翌週の月曜の朝、夕菜は広い道路の右手の歩道を、いつも通り駅へ向かっていた。道路に比例してか、歩道の幅も結構広くて歩き易《やす》い。ただ、右手には廃業した大きな銭湯の建物があり、それが会社の行き帰りに、時に彼女の心を暗くしたので、いつもは顔を背けていた。しかし、しばらくは反対の寺側を目にしたくないため、ここ数日は仕方なく銭湯の廃墟を眺めている。

早く取り壊して、ここにスーパーでも建たないかなぁ。

その朝も、自分に都合の良い想像をしながら歩いていると、ふいに黒い人影と擦れ違った。

えっ……。

慌てて振り返るが、そんな人物は何処にもいない。数メートルあとに、スマホを見ながら進んでくる、例の女子高生がいるだけである。他の通勤者らしき人たちは、彼女のさらに後ろを歩いている。しかも全員が、こちらへと向かっており、反対方向へ進んでいる者など一人もいなかった。

……どうして？

あの黒い人は、寺に行ったのではなかったのか。そうでないなら、いったい何処へ行くつもりなのか。

このときから数日の間、ある恐怖を覚えながら夕菜は過ごした。その懼《おそ》れが本物かどうか、確かめる術《すべ》はあったものの、敢えて彼女はしなかった。

もし本当だったら……。

とても耐えられそうにないからだが、もちろん実際は逆である。恐ろしい「事実」が隠れている可能性があるなら、早めに対処するためにも、きちんと調べておくべきだろう。しかし、彼女は何もしなかった。そうして金曜の朝を迎えた。

夕菜が信号のある交差点に差しかかると、生憎にも信号機は赤だった。横断歩道の向こうでは、すでにお馴染の背広姿の男性が待っている。毎朝の見慣れた風景である。

だが、その朝は違った。男性の横に、彼女から見て右手に、黒い人が立っていた。

きっと明日の朝には、あれは横断歩道を渡っているに違いない。それから新興住宅地の中の道を進むのだろう。その先には、夕菜の住むRマンションがある。

会社の昼休み、彼女は外食を取り止め、近くのコンビニでサンドイッチと飲み物を買い、パソコンの前に陣取った。インターネットのニュースサイトにアクセスして、次のキーワードを組み合わせ、何度も検索をしてみた。

K駅、踏切、事故、自殺。

夕菜の立てた仮説はこうだった。かつてあの踏切で亡くなった人がいる。その供養のために、今でも誰かが小瓶に花を挿して置いている。それをRマンションの住人の子供が持って帰ってしまい、五一〇号室の前に放置した。その行為に、おそらく意味はないのだろう。だが、そのせいでとんでもない事態になってしまった。

つまり黒い人の正体は、あの踏切で亡くなった誰かであり、それは供養の一輪挿しを求めて、Rマンションの五一〇号室まで来ようとしているのではないか。

こんな目に遭う前の夕菜なら、有り得ない怪談話として、きっと片づけていただろう。

しかし、このときの彼女はかなり本気だった。

ところが、いくら組み合わせを変えて検索しても、該当するような記事がヒットしない。K駅で起きた人身事故の記事は見つかったが、現場はホームであり、しかも死者など一人として出ていない。

どういうこと？

仮説が否定され、夕菜は困惑した。よく考えれば、その解釈自体が眉唾である。証明されないのが当たり前とも言えるのだが、そういう冷静な判断ができないほど、彼女は精神的に追い詰められていた。

休日の土曜も、自宅のパソコンを使ってインターネットでK駅の記事を調べた。ニュースサイトだけに頼らず、取り敢えずキーワードにヒットしたもの、すべてに目を通した。だが、K駅で誰かが死んだ事実は一切ないらしいと、結局は分かっただけだった。

にも拘《かかわ》らず土曜も日曜も買い物は、駅とは反対方向にある遠めのスーパーを利用した。通勤で歩く道筋には、一歩も足を踏み入れなかった。せっかくの休日に、あれと遭遇したくはない。

とはいえ、月曜の朝を迎えると、そういうわけにはいかなくなる。よほど遠回りして駅に行こうかと思ったが、そのためには十分ほど早く部屋を出る必要がある。

明日からにしよう。

そう決めたものの、翌日の火曜もできなかった。それまでと変えたのは、新興住宅地の中の道も、右端ではなく左側を歩くようにしたことだけである。お蔭で黒い人と擦れ違う羽目にはならず、これまで通りの朝の通勤ができた。

このまま何事もなく過ぎて欲しいと、夕菜は祈った。踏切での死者が……という忌まわしい懼れが現実とならずに、杞憂《きゆう》で終わるようにと念じた。そんな事実は少しも発見できず、もう安心しても良いはずなのに、依然として彼女は慄いていた。だからこそ心から願ったのだが……。

残念ながら翌週の月曜の朝に突然、その瞬間は訪れた。

普段通りの時間に部屋を出て、エレベータに乗って一階に降り、エントランスを横切りながら玄関扉を開け、外へ出ようとして、思わず悲鳴をあげた。

黒い人と擦れ違ったのだ。

到頭あれがRマンションまで来てしまった。懼れていた事態が、ついに起こってしまったのである。

どうしよう？

どうして？

この二つの言葉が一日中、頭の中でぐるぐると回った。そのため仕事に集中できずに、ミスを連発した。

帰宅してからも、夕菜は考え続けた。ただし、どちらの答えも一向に浮かばない。まず、どう対処するかだが、まったく見当もつかない。神社や寺でお祓《はら》いを受ければ良いのか、それとも霊能者と呼ばれる人に頼むべきなのか。

しかし、両方とも当てなど少しもない。それを調べるにしても、何かとっかかりが必要な気がした。

普通は、という言い方も変だが、引っ越した家が可怪しい、肝試しに行ってから怖い目にばかり遭う、骨董屋《こっとうや》で古い鏡を買って以来、怪現象が起きる……などと、少なくとも原因と状況がはっきりしており、それなら何処其処《どこそこ》に相談してみようとなるのではないか。

だが夕菜の場合は、そこまで明確ではない。一輪挿し、黒い人影、マンションへの接近など、それらしき原因と状況はあるものの、第三者に理解してもらえる説明ができるかというと、甚だ心許《こころもと》ない。唯一とも言える仮説も、結局は否定されてしまった。誰に相談するにしても、こんな状態でどうすれば良いのか。

悶々《もんもん》とした気分のまま、夕菜は火曜の朝を迎えた。エレベータから降りて一階のエントランスを横切るときが、とにかく恐ろしかった。あれと擦れ違うのではないかと、戦々恐々だった。そのため無意識のうちに、少しエントランスを迂回《うかい》して通ったようで、黒い人を目にすることはなかった。

水曜の朝、エレベータの扉が一階で開くと、目の前にあれがいた。

「いやぁっ！」

思わず夕菜が退くと、同乗していた数人が、何事かと身構えた。だが、エントランスに何もないと分かったとたん、変な人でも見るように、または完全に無視して、彼女の横を擦り抜けていった。

夕菜が降りられないでいると、エレベータはすぐに上階に呼ばれた。そのため彼女はいったん五階まで戻って降り、階段を使う羽目になった。

木曜の朝は、エレベータに乗っている間中、あれの気配を感じていた。黒い姿が見えていたわけではないが、その狭い空間にいるのは分かった。ただ、同乗しているのが顔馴染の住人たちで、昨日の騒動のときもいたため、必死で素知らぬ振りをした。それでも身体の震えを、どうしても夕菜は止めることができなかった。

金曜の朝は、覚悟してエレベータの前に立った。扉の開く瞬間が、もちろん怖かったからだ。それなら階段を使えば良いのだが、確かめたい、知っておきたい、という気持ちが勝った。

心構えをしていたお蔭で、扉の向こうにあれが見えたとき、辛うじて悲鳴を呑《の》み込むことができた。ただし、エレベータには乗らなかった。いや、乗れなかった。昨日は何も見えなかったので利用できたが、少しでも目にしてしまうと駄目である。

休日の土曜になると、夕菜は部屋から一歩も出なかった。昨日の会社帰りに駅前のスーパーに寄って、たっぷりと食料品は買ってある。飢える心配は一切ない。

今日あれと擦れ違うとすれば、エレベータと五一〇号室の間の、五階の廊下の何処かに違いない。いよいよ彼女の部屋に迫ってきたのだ。

日曜日も、彼女は外へ出なかった。これでは何の解決にもならないばかりか、自分を追い詰めるだけだと分かっていたが、どうしようもない。

そして月曜の朝を迎えるのだが、夕菜は迷いに迷った。

いつまでも閉じ籠ってはいられない。会社にも出勤しなければならず、そのうち食料も底をつくだろう。ただ、だからといってあれと遭遇することが確実なのに、わざわざ部屋を出るのは愚の骨頂ではないか。いや、あれと擦れ違うだけなら良い。ひょっとすると、もはやそれだけでは済まない状況になっているのではないか……。

とたんに寒気を覚えた彼女は、そっと玄関まで行くと、こっそりドアスコープから廊下を覗いてみた。

……暗くて何も見えない。

今朝は起きたときから雨が降っており、確かに外は薄暗かった。しかし、だからといって廊下が真っ暗なわけがない。

何度も瞬《まばた》きをして目を凝らすが、やっぱり何も映らない。ドアスコープが壊れたのかと思ったが、ここまで黒くなるものだろうか。

とっさに首を傾《かし》げかけた次の瞬間、夕菜は悟った。

あれが扉の前に立ってる……。

そして彼女が出てくるのを、凝《じ》っと待っているのだ。もしかするとあれは、その真っ黒な瞳で、廊下側からドアスコープを覗いているのかもしれない。彼女が目にしている闇は、あれの目の玉なのではないか。

慌てて玄関から離れると、奥の部屋へと駆け込んだ。

絶対に無理……。

これでは外に出られない。会社も休むしかない。しかし、明日はどうするのか。あのまま扉の前に居続けられた場合、いつまで経っても外出できないことになる。

ピンポーン。

そのとき、インターホンが鳴った。

こんな時間に誰？

一瞬、不審に思ったものの、この訪問者が助けになるかもしれない。

急いで夕菜は親機の受話器を手に取ると、

「はい」

と返事をしたのだが、何の応答もない。

「もしもし？」

さらに呼びかけたが、やっぱり無言である。子機のドアホンを通して聞こえてくるのは、遠くのほうで響く、五階の廊下を歩いているらしい住人の足音くらいである。

怖くなって受話器を戻すと、しばらくしてから、
ピンポーン。

またインターホンが鳴った。

恐る恐る受話器を耳に当てるが、何の物音もしない。彼女が耳を澄ましているように、向こうも聞き耳を立てているような気がして、急に恐ろしくなった。すぐに受話器を戻した。

ピンポーン。

そのとたん、三たびインターホンが鳴った。

夕菜が親機から電池を抜くのと、
ピン……。

四度目のインターホンが鳴りかけるのと、ほぼ同時だった。

電池を右手に握ったまま、その場に彼女は愕然《がくぜん》と立ち尽くした。こんな状況になるまで放置していた己を責めたかった。その一方で、安易に扉を開けなかった自分を褒めてもいた。

とん、とんっ。

そこへ、ノックの音がした。普通の訪問者では、もちろんない。あれが扉を叩《たた》いているのだ。

玄関に通じる廊下の扉は閉めているため、ノックの音もくぐもって聞こえる。決して煩《うるさ》いほどではない。とはいえ、

とん、とんっ。

………とん、とんっ。

と間隔を空けて響く物音は、物凄く神経に障った。

止めてぇ！

そう叫びながら、思わず玄関の扉を開けてしまいそうになる。そんな恐怖に夕菜は囚われた。

どうしたらいいの……。

悩みに悩んだ挙句、片桐陽葵にスマホでメールすることにした。こんなことを相談できるのは、やはり陽葵しかいない。普段から彼女とはメールだけでなく、電話でもよく話していた。しかし、あれについては一言も口にしていなかった。

夕菜と同じく、陽葵も怪談は嫌いではない。ただ、そういう話で徒《いたずら》に騒ぐ者には、

往々にして冷たい視線を向けてしまう。それを知っているだけに、どうにも喋《しゃべ》り辛《づら》かったのだ。

　すべての事情を書くと異様に長いメールとなり、時間がかかるので、できるだけ要約しながら、肝心な点は漏らさないような文面を、夕菜は必死に考えた。そうしている間にも、
　とん、とんっ。

　思い出したように、空虚なノックの音が鳴り続けている。それが気になって、なかなか文面作りに集中できない。ようやく送信できたときには、ぐったりと疲れ切っていた。

　陽葵からは、すぐに返信がきた。

〈もっと詳しく教えて〉

　夕菜はパソコンを起動させると、スマホで打ったものより詳細な文章を書き上げ、それを陽葵に送った。

　今度は返信があるまで、それなりの時間がかかった。

〈今、会社に着いた。まだ全部は読めてない。昼休みまで待って〉

　このメールを見て、夕菜は慌てて会社に「風邪で休みます」という電話をかけた。これまで一度も病欠したことがないため、先輩社員に心配され、とても後ろめたい気分になる。欠勤の本当の理由が、「マンションの部屋の前に、得体の知れない何かがいるた

め」なのだから。

そこから夕菜は、ひたすら昼になるのを待った。その間、ずっとノックの音は続いていた。

あまり聴きたくもない音楽をかけ、とにかくノックの音が聞こえないようにする。そうしながら過ごす午前中の時間が、どれほど長かったことか。

ようやく正午になったが、陽葵からメールが来たのは、十三時前だった。

〈会社の帰り、そっちに寄る。十九時半ごろになると思う〉

この文面を目にして、夕菜は泣きそうになった。どうやら知らぬ間に、かなり緊張していたらしい。

簡単に昼食をすませて、いったん音楽を止めてみたが、

……とん、とんっ。

まだノックの音が続いている。その執拗《しつよう》さが、何とも言えぬくらいに怖い。

それから日が暮れるまで、彼女はテレビの出す音に埋もれながら、まったく無為に半日を潰した。

十八時過ぎに、陽葵からメールが入った。

〈十九時までに行けそう。待ってて〉

夕菜はテレビを切ると、耳を澄ませた。

……とん、とんっ。

まだいる。

彼女は今の状況を、陽葵に知らせた。すると折り返し、返信があった。

〈マンションの五階に着いたら、メールする。そのときノックが聞こえているか、すぐに教えて〉

十八時半を過ぎたあたりから、夕菜は落ち着かなくなった。ほとんど観ていないテレビを、いつ消そうかと、そればかりを考えた。陽葵の連絡を受けてからでも、充分だと思うものの、もっと前から準備するべきではないかと不安になる。だが、あまり早くテレビを切ると、あの無気味なノックの音を聞く羽目になる。それは避けたい。

彼女が立ったり座ったりを繰り返していると、スマホに着信があった。すぐに確かめると、陽葵からだった。

〈五階に着いた。夕菜の部屋の前には、誰もいない〉

急いでテレビを消して、凝っと身構える。

……とん、とんっ。

やっぱり聞こえる。

〈まだノックの音がしてる〉

返信すると、すぐさまメールが返ってきた。

〈今から行くよ〉

夕菜も返す。

〈気をつけて〉

また返信がある。

〈三回、二回、三回とノックがあったら、それは私だから〉

すかさず返す。

〈分かった〉

このやり取りの間も、ずっとノックは続いていた。

とん、とんっ。

……とん、とんっ。

………とん、とんっ。

それが突然、
とんとんとんっ、とんとんっ、とんとんとんとんっ。

という音に変わった。それでも夕菜は、その場から動けなかった。もう一度同じノックが聞こえて、ようやく彼女は玄関まで行くと、ドアスコープを覗いた。

すると廊下に立っている陽葵の姿が、はっきりと見えた。しかも、その周囲に黒い影など少しも見当たらない。

それでも躊躇《ためら》いがちに、恐る恐る扉を開けると、

「ちょっと夕菜、大丈夫？」

とても心配そうな顔をした陽葵に、そっと優しく両肩を摑《つか》まれた。

彼女を部屋に通すと、ここ一月《ひとつき》半ほどの気味の悪い体験を最初から順を追って、夕菜は詳しく話した。メールで知らせた内容と同じだったが、友人は黙ってすべてを聞いてくれた。

「問題は――」

夕菜が話し終わると、陽葵が口を開いた。

「その黒い奴《やつ》が今、何処にいるのかってことね」

「廊下にはいなかったんでしょ？」

「エレベータを降りて、すぐにこの部屋の前を見たけど、何も見えなかった」

「でも、陽葵が合図のノックをする直前まで、あれがノックしてたの……」

「それって、つまり私が来たので、そいつが何処かへ行ってしまった――ってことじゃないかな」

そんな風に言われて、夕菜は少し安堵できた。

「その影のこと、今まで誰にも話してなかったんでしょ」

「うん」

「だから付け込まれたのよ。こいつは取り憑き易い……ってね」

「しかし、そこに心強い友達が現れた。それで影も消えてしまった」

「止めてよ」

泊まろうかと陽葵は言ってくれたが、夕菜は大丈夫だと答えた。彼女の明日の仕事に差し閊《つか》えては申し訳ない。

お礼にピザを頼み、二人でワインを飲みながら食べた。すぐに帰ると陽葵は言いつつも、結局は遅くまで話し込んでしまった。

翌朝、夕菜はいつも通り七時四十五分に部屋を出た。事前にドアスコープで確かめたとはいえ、さすがに扉を開ける瞬間は少し怖かった。

だが廊下には何もおらず、K駅までの道程で、あの黒い人影と擦れ違うことも全然なかった。

電車の中で夕菜は、この嬉《うれ》しい報告を陽葵にメールした。でも、いくら待っても彼女からの返信がない。昼休みになっても、退社時刻を迎えても、やっぱりメールが返ってこない。

夕菜は会社を出ると、陽葵に電話をかけた。しかし、留守録になっていて出ない。K駅に着いてから電話しても同じで、それはマンションに帰ったのちも同様だった。寝る前にもう一度メールを送ったが、翌朝になっても、やっぱり返信がない。

まさか……。

物凄く厭な予感を覚えた夕菜は、その日の昼休みに、陽葵が勤めている会社に電話をした。すると無断欠勤をしていると言われ、顔から血の気が引いた。

会社の帰りにO駅まで行き、彼女が住むWコーポの部屋を訪ねたが、インターホンにもノックにも、まったく応答がない。

その夜、陽葵の実家に電話をすると、黒い人のことは伏せて、彼女と連絡が取れないので心配していると、夕菜は伝えた。

次の日の夕方、陽葵の母親から電話があった。上京してWコーポを訪ねてみたが、部屋に娘がいない。会社に連絡すると、三日続けて無断欠勤だと言われ、とても驚いた。何か心当たりがあれば教えて欲しい。そんな内容だった。

夕菜は迷ったが、結局あれのことは話さなかった。母親に教えたからといって、陽葵が見つかる手助けになるとは、とても思えなかったからだ。

そして、陽葵と連絡が取れなくなって三日が過ぎた金曜の朝、K駅の踏切の向こう側に佇《たたず》む友人を、夕菜は見つけた。あまりにも驚いた彼女が棒立ちになっていると、その横を陽葵が擦れ違っていった。慌てて声をかけたが、まったく反応がない。ただ、ひたすら歩くだけである。

為《な》す術《すべ》もなく付き添っているうちに、夕菜はぞっとした。友人が辿っているのは、あれと同じ道程だと気づいたからだ。つまり彼女は、Ｒマンションの五一〇号室へ向かっていたのである。

そのまま陽葵を部屋に入れると、夕菜は彼女の母親に連絡した。会社には欠勤の電話をして、あとは彼女にずっと付き添い続けた。

陽葵は母親と一緒に地元へ帰った。のちに精神科の病院に入院したという噂を聞いたが、本当かどうかは分からない。

とんでもないことに友人を巻き込んでしまったと、夕菜は落ち込んだ。それでも週が明けると、会社に行かなければならない。今週は月曜と金曜と、二日も休んでしまっている。

翌週の月曜の夜、帰宅した夕菜は、いつものように玄関で、「ただいま」と言った。

すると部屋の中から、おかえり……と、まったく聞き覚えのない声で返事があった。

急いで廊下に出た夕菜は、再び扉に鍵をかけると、Ｓ駅まで戻ってビジネスホテルに泊まった。

それから彼女は一度もマンションの部屋に戻ることなく――引っ越しの準備は、すべて母親にやってもらって――別の集合住宅に移ったという。

終　章

　本書の打ち合わせをしていた某ファミリーレストランの席で、時任美南海の薄気味の悪い一連の体験を、僕が簡潔に纏《まと》めて話し終えたとたん、岩倉正伸に困惑した口調で訊《き》かれた。

「今お話しされた内容を、新たに加えるわけですか。しかし、どういう形で、それを読者に伝えるおつもりですか」

「幸いと言って良いのかどうか――」

　その場で思いついた案を、取り敢《あ》えず僕は説明した。

「時任さんより依頼をいただいてから最後の作品を書き上げるまで、あまり途切れることなく彼女絡みのエピソードがあります。そこで六篇《ぺん》の作品の前後と間に、それらを『序章』『幕間』『終章』といった形で鏤《ちりば》めるのはどうでしょう。枠物語の構成を取るわけです」

「なるほど。新たな原稿を時系列でお書きいただければ、読者も本書に没入し易《やす》くなる、という寸法ですね」

　僕の構成案を大いに気に入ったようだが、岩倉は急に心配そうな顔になると、

「そういう怪異な話を扱った場合、色んな障りが出るとも聞いておりますが、そこは大丈夫でしょうか」

「いや、正直それは分かりません」

「そんな先生……」

「障りのせいで、まったく本が売れないとか」

　もちろん冗談で言ったのだが、岩倉は本気だった。

「担当編集者の実体験が入っているため、読者が気味悪がって買わないとか、本当にないでしょうか」

「それは逆ですよ」

　僕よりも先に、時任が否定した。

「怪奇短篇集を好んで買う読者なら、むしろボーナストラックだと受け取るはずです」

「あぁ、そんなものか」

　ホラー系の編集経験がほとんどなさそうな岩倉も、どうやら納得したらしい。

「それよりも私は、本書を巡る怪異に接した読者にも、何らかの障りが出るのではないかと、そっちのほうが心配です」

「どうして？　怖い話が好きなんだから、そういう目に遭うのは本望じゃないのか」

時任が覚えた懼《おそ》れを、ばっさりと岩倉が切り捨てた。

「それとこれとは話が違います」

「うーん、よく分からんな」

二人が嚙《か》み合いそうになかったので、僕は慌てて口を挟んだ。

「書下ろし原稿を入れると決まったら、その序章にでも読者に対する注意書きを加えておきますよ。もし時任さんと似た体験をした場合、そのまま続けて本書を読まないように——とか」

「あっ、それは良いフォローです。ぜひお願いします」

頭を下げる時任の横で、岩倉が不思議そうに、

「しかし先生、時任が体験したという一連の怪異は、所謂《いわゆる》『怪異現象の真理』に当て嵌《は》まらないんですよね。だとしたら、やはり気のせいではないのですか。いえ、仮に彼女の勘違いでも、先程のお話のような内容であれば、もちろん本書に入れるのは吝《やぶさ》かではありません。そのほうが面白くなると、私も思いますから。ただ、すべて彼女の気の迷いなら、読者に障りが出ることなどないのではないですか」

あれを「真理」と呼ぶのはどうか——と強く懸念を表明してから、まったく何の解釈もできない怪異が連続して、まさに五里霧中の状態に見舞われる事例も多く存在してい

る事実を、僕は岩倉に伝えた。
「……そうですよね」
するとは彼よりも早く、時任が不安そうに応えた。
「私の体験も決して気のせいではなく、あのカセットテープとMDの聴取を止《や》めたから
といって、もう怪異に見舞われないという保証も、実はないんですよね」
彼女には黙っていたことを、遅蒔《おそま》きながら僕は思い出した。だが、この後の対応が頭
にあったので、特に焦りは感じなかった。
「うん、それは言える。だから防御策として書下ろし原稿の終章にでも、一連の怪異に
対する解釈を入れようかと考えてるんだけど」
「えっ、でも先生……」
時任は戸惑った様子で、
「私の不可解な体験には、本書の作品の元ネタになった話と何の共通点もないって、前
に仰《おつしや》いましたよね」
「あのときは、確かにそう思ってた」
「い、今は違うんですか」
とたんに明るくなった時任と、その横で急に黙ってしまった岩倉に、僕は深々と頭を
下げながら報告した。

「お蔭《かげ》様で『黒面の狐《きつね》』を脱稿することができました」

「おめでとうございます」

「拝読できるのを楽しみにしております」

丁寧に返礼する二人に、僕はそのまま続けた。

「少し時間ができたので、拙作の六篇と時任さんの体験を読み直してみました。すると見逃していた共通点のようなものが、朧《おぼろ》に浮かんできた」

「本当ですか」

喜ぶ彼女に水を差すようで悪かったが、すぐに僕は断りを入れた。

「だからといって時任さんに、なぜ一連の怪異が起きたのか、その理由が分かるわけではない。ただ、奇妙な類似点があるのではないか……と言えるだけで」

「もちろん、それで充分です」

納得している時任とは裏腹に、岩倉は怪訝《けげん》な顔で、

「怪異の発生した意味が不明のままでは、ちょっと不味《まず》くないでしょうか。読者が不満に感じるというか……」

「本書がミステリなら、絶対に駄目でしょう。でもホラーですから、別に問題はありません」

「そんなものですか」

まだ引っかかっているようなので、僕はもう少し詳しく話した。

「時任さんがお気に入りの『怪異現象の真理』ですが、あれには別の『真理』もあります。それは何かと言いますと、体験者が怪異の正体や名称に気づいたとたん、その現象が止むというものです」

「ほうっ」

素直に感心する岩倉に、時任が補足説明を加えた。

「今回の場合、六つの短篇と私の体験に見られる隠された共通点が、それに当たるわけです」

「なるほど。面白いな」

当の体験者を前にして、その反応はどうかと思ったが、彼女が気にした様子はない。上司の態度に腹を立てる暇があるなら、一刻も早く僕の解釈を聞きたいという顔をしている。

「いや、そんな大層なものじゃない」

相手を失望させる前にと、僕は予防線を張ったのだが、

「ご謙遜ですね」

時任にはまったく通じない。

「恐らく時任さんも、無意識では気づいていると思う。ただし、あまりにも当たり前の

ことなので、それを意識できなかった」

「何ですか」

「あからさまな問いかけが、そもそも『死人のテープ起こし』の最初と最後にあったのは、さすがに気づいてるよね」

　時任はテーブルの上の抜き刷りを、急いで捲《めく》りはじめた。

「この二箇所ですか。最初が『興味深い共通点のあるサンプルが三つ見つかったので』で、最後が『サンプルとして原稿に起こした三本は、明らかに可怪《おか》しかった。単なる自殺の実況テープでは収まらない、どうにも不可解な内容のものばかりだった』というところです」

　僕が頷《うなず》くと、彼女は呟《つぶや》くような口調で、

「この三人の自殺者に、すでに共通点がある……と？」

「そこには吉柳吉彦も、きっと入るよ」

「えっ……」

　彼女は少しの間、抜き刷りに目を落としてから、

「あっ、ほんとだ。でも先生、どうしてこの共通点に、作品の中で少しも触れなかったんですか」

「わざわざ指摘しなくても、普通に読者が気づけるレベルだろう。それを書くのは、さ

すがに無粋じゃないか」

「えーっと、私には分からないのですが……」

横から申し訳なさそうに、そっと岩倉が入ってきた。時任を見ると、僕に説明してくれと目で頼んでいる。

「三人の自殺者と吉柳に共通しているのは、水です」

きょとんとした顔を岩倉がした。

「自殺者Aは小川のせせらぎを聞きながら、Bは海に飛び込んで、Cは霧に巻かれた状態で、それぞれ死を迎えています。そして吉柳は強い西日が射《さ》し込む廃墟《はいきょ》に入ったはずなのに、なぜか雨音らしきものが、そこには録音されていました。彼から送られてきたテープの再生を僕が止めたのも、それに気づいたからです」

「たまたまではないでしょうか」

岩倉の遠慮がちな物言いは、当然だと思った。だから僕は特に反論もせずに、淡々と自らの解釈を述べた。

「二作目の『留守番の夜』で、謎のバラバラ殺人事件が起きたのは、台風の夜でした。三作目の『集まった四人』では、雨が降ったあとの泥濘《ぬかるみ》に、奇っ怪な足跡が現れます。四作目の『屍《しかばね》と寝るな』の病室の老人は、異様なほど点滴の消費が早かった。五作目の『黄雨女《きうめ》』にも台風が出てきますし、あの話を誰かにするときは、雨が関わってきます。六作目の『すれちがうもの』のクライマックスには、やはり雨が降っていた」

「水という共通点は理解できますが、雨は普通に降りますからね」

半信半疑どころか疑いが九割というのが、岩倉の反応だった。

「それに六篇のうち『死人のテープ起こし』と『屍と寝るな』と『すれちがうもの』の三篇は、時任のテープ起こしではなく先生が独自に取材されたものです。六篇のうち三篇、つまり半分が問題のカセットやMDとは関係ないことになります」

「だから偶然だという解釈は、もちろんありです。決して可怪しくはありません。ただ僕には、一作目の『死人のテープ起こし』が文字通り呼び水となって、他の五篇を招いたような気もしているのです」

「オカルト的な解釈ですか」

「それは時任さんの体験にも当て嵌まります。紅茶、自動販売機、シャワー、トイレと、どれも水に関係するものばかりです。彼女が会社のトイレで思い出した恐ろしい体験談も、お風呂の話でした」

「ですが先生……」

岩倉の言いたいことは十二分に予想できたので、僕は片手を上げて頷きながら、

「人間の生活に、水は不可欠です。だから六つの作品と時任さんの体験のすべてに、その水が関わっていても不思議ではありません。ただ、ここまで重なると、どうでしょう

か。それも単なる関わり以上のものが、それぞれにあると思うのですが」

「先生の仰ることも、まぁ分かりますけど……」

岩倉を納得させるのは、ちょっと無理かなと考えていると、時任が妙な声を出した。

「……あの」

彼女に顔を向けると、僕の左隣を凝視している。

「……それって、いつからありました？」

何のことかと横を見ると、テーブルの上に水の入った硝子《ガラス》のコップが一つ、ぽつんと置かれていた。もちろん、そこには誰も座っていない。

慌てて確認すると、僕と時任と岩倉の前に、ちゃんと三人分のコップがある。

「最初に水を持ってきたとき、間違って置いたとか」

僕がそう言うと、時任が首を振った。

「それでしたら私、きっと気づいたと思います」

「途中で店員が、わざわざ持ってくるわけないか……」

岩倉の一言に、その場の空気が固まった。

実際の人数よりも、何かが一つ多い……という怪異は、書籍や映画や舞台などで怪談に関わる者にとって、決して珍しい現象ではない。

例えば三人で喫茶店に行くと、「四名様ですね」と言われる。五人で居酒屋に入ったのに、お通しが六人分出てくる。この手の話はいくらでもあった。だから誰かに「似た体験をした」と言われても、特に僕は驚かなかっただろう。とはいえ自分が経験するのは別である。しかもコップの水は、三人がまったく気づかぬうちに置かれていたのだ。

いったい誰が……。

何のために……。

誰も座っていない隣の空間と、その前に置かれたコップの水を見ているうちに、ひんやりと腹の底が冷えてきた。

「それでは先生に、新たな枠物語をお書き願うということで、本日の打ち合わせは終わらせていただきます。どうもお疲れ様でした」

いきなり岩倉がそう言いながら、そそくさと帰り支度をはじめたので、

「あ、ありがとうございました」

「こちらこそ」

時任と僕も急いで彼に倣《なら》い、ほぼ三人が同時に席を立っていた。そこから最寄り駅まで行き、別れの挨拶をするまで、誰も一言も喋《しゃべ》らなかった。

以上が、「序章」「幕間（一）」「幕間（二）」「終章」の枠物語と六つの短篇から構成されることになった、『怪談のテープ起こし』の編集を巡る経緯である。

――という右記の文で、本書は閉じるはずだった。実際に初校と再校のゲラ（校正刷

り）は、そこで終わっている。

ところが、再校ゲラが時任から送られてきたとき、一本のカセットテープが同封されていた。彼女の手紙を読むと、僕から預かったカセットとMDの中で、「これだけ返し忘れていたようです」ということらしい。

変だな。

かなり汚れているカセットを手に取りながら、僕は首を傾《かし》げた。これほど酷《ひど》い有様のテープがあっただろうか。時任に送ったときと、彼女から返送されてきたとき、カセットとMDは数えた覚えがある。ちゃんと本数は合っていたはずだ。

なんとなく厭《いや》な予感を覚えつつ時任に電話をすると、

「申し訳ありませんでした。でも、わざとじゃないんです。すべてお返ししたつもりだったのに、なぜかそのテープだけ残っていて……」

かなり困惑した口調で謝られた。

彼女の話を聞く限り、カセットとMDは机の同じ引き出しに入れていたという。だから一つだけ見落としてしまうなど、ちょっと考えられないらしい。

だが時任と話すうちに、もはやカセットテープの出所など関係なくなってきた。もっと重要な問題があることに気づいたからだ。

「まさかと思うけど、聞いたのか」

ずばり尋ねると、彼女は焦った口調で、

「ですから先生、そういうつもりは本当になかったんです。どうして見逃したのか分かりませんが、あとから出てきて私もびっくりしました」

「で、聞いたのか」

「……いいえ。そんなこと、していません」

答える前に一瞬の間があったと感じたのは、僕の気のせいだったのか。ちなみにテープは完全に巻き戻されていなかった。少なくとも数分は再生されたところで止められていた。

もっと突っ込んで問い質《ただ》すべきかと考えていると、

「そのテープ、処分されますか」

逆に時任から訊かれて、とっさに僕は返事に詰まった。

「差し出がましいようですが、私は破棄されたほうが良いと思います」

そう考える理由を尋ねたかったが、なぜか急に怖くなった。この得体の知れぬテープを聴取しているかもしれない彼女から、その訳を聞かされるのだと想像したとたん、ぞっとした。どうしてかは分からない。

何か言いかけた時任を遮って、僕は電話を切った。それから問題のカセットテープを見詰めながら、しばらく悩んだ。

このまま捨てるか。他のカセットやMDといっしょに資料部屋の整理棚に仕舞うか。または聞いてみるか。

最後の選択肢はないと思ったが、時任も聞いているのなら……と考える自分がいた。彼女は認めていないうえ、仮にそうでも僕まで聞く理由にはならない。にも拘《かかわ》らず時任を出しに使ったのは、自分自身を納得させるためだったのか。怪異好きの血が騒いだということか。

僕は資料部屋の奥から、古いラジオカセットレコーダーとヘッドホンを引っ張り出すと、そのテープを入れて再生した。

……喜ぶだろう。君と俺には、同じ血が流れているからだ。

猟奇者の血だよ。

その声を耳にして、さぁっと顔から血の気が引くのが分かった。と同時に激しく後悔した。なぜなら問題のテープの声が、あの吉柳吉彦のものだったからだ。

一話目の「死人のテープ起こし」の最後に記したように、粗塩を振りかけてから封筒に戻し、それを新聞紙で包んでビニールに入れたあと、さらに別の封筒に突っ込んでガムテープで留め、会社のゴミ箱に捨てた例のカセットテープである。

でも、どうして時任のところに……。

いくら考えても恐らく答えの出ない謎に囚《とら》われながら、僕の意識のほとんどは吉柳の声に向けられていた。今すぐ停止ボタンを押してテープを取り出し、金槌《かなづち》で徹底的に破壊するべきだと思うのに、それができない。彼の声に耳を傾けてしまう。一心に耳をすます自分を、どうしても止められない。

しかし、吉柳の無気味な語りを聞けたのも、わずかな間だけだった。そのうち彼の声が不明瞭になり出した。最初はテープの劣化が原因かと考えたが、どうも違う。歪《いびつ》に聞こえる声音には、確かにテープが伸びたような感じがあった。だが、それよりも相応《ふさわ》しい状態が、別にあるように思えた。しかも正解は、すぐ目の前にぶら下がっている気がした。

たとえるなら……。

まるで……。

水の中で喋っているかのような……。

まったく泳げなかった子供のころ、小学校のプールに潜って、ぼごぼごっという音を耳にしたときの記憶が、いきなり蘇《よみがえ》った。

吉柳が水の中で語りかけている。

絶対に有り得ない状況なのに、妙に納得している自分がいた。かといって受け入れられるものでは当然ない。

急にヘッドホンの左側からしか聞こえなくなった状態で、

もあぢろびぢうぢなまばぢま、づめねぢぬんねがう……。

何を言っているのか皆目見当もつかない言葉を耳にしていると、少しずつ脳内に水が溜《た》まっていくような感覚に陥る。次第に息苦しさも覚える。それでも聞くのを止められない。彼の一言一句を聞き漏らすまいとしている。まったく日本語になっておらず、少しも理解できないのに、必死に聞き耳を立てている。

それが突然、とっさに停止ボタンを押せたのは、ある疑念が浮かんだせいだ。彼の無気味な水中語を聞いているうちに、とんでもない疑いに囚われたからだ。

僕が本書を書き上げたのは、果たして自らの意思だったのか。

ひょっとすると吉柳吉彦によって、怪談のテープ起こしをさせられていたのではないのか。

もちろん少し考えただけで、それでは辻褄《つじつま》の合わないことが多過ぎると分かる。だからきっと僕の妄想なのだろう。

変なことを考えるのは止めて、再校ゲラに目を通して時任に戻した。一応これで著者の手は離れる。原稿内容について新たな問題でも見つからない限り、あとは本の装丁などについての打ち合わせが残っているくらいである。

ところが、ここに来て時任からの連絡が、ぱったりと途絶えた。再校ゲラを受領したという返事さえない。丁寧な対応をする彼女からは、ちょっと考えられないため、どうにも僕は不安になった。

時任に電話するべきかと思っていると、岩倉がかけてきた。彼女が体調を崩したので、あとは自分が引き継ぐという連絡だった。

そう聞いたとたん、ぴんときた。岩倉の様子が可怪しかったわけではない。直感的に悟ったとしか言いようがないのだが。

「時任さんに、何かあったんですね」

「いえ、そういうわけでは……」

この返答が、すべてを物語っていた。本当に体調を崩しただけなら、その状態を説明するはずである。「何かあったのか」と訊かれて、「そういうわけではない」と答えはしないだろう。

あくまでも健康上の理由だと言い張る岩倉に、僕は執拗《しつよう》に食いついた。しばらくは彼も白を切っていたが、ついに根負けして真相を話し出した。もっともその内容が、こちらの想像もしていないものだった。

「……実は、先生から再校ゲラが戻ってきたあと、急に時任が変なことを言い出しましてね」

「何ですか」

「それが、この本は出さないほうがいい……とか言うんです」

「えっ」

「訳を訊いても、とにかく出すべきじゃないって、その繰り返しです」

「ということは――」

「いえ、もちろん出します。ちゃんと予定通り、刊行させていただきます」

慌てて言い繕う岩倉の声を聞きながら、僕は思った。

……彼女の言う通りかもしれない。

しかし、それを彼には伝えなかった。なぜなら僕はホラーミステリ作家だからだ。そういうお話を読者に届けるのが、僕の仕事だからである。だから岩倉に無理を言って、「――という右記の文で、本書は閉じるはずだった」以降の文章を「終章」に加筆させてもらった。

あとは本書が無事に刊行され、読者の皆さんが水に関わる薄気味の悪い現象に遭いませんように……と陰ながら祈るばかりです。

――という右記の文章で単行本『怪談のテープ起こし』は終わっている。ここからは文庫版のための書下ろしとなる。

編集担当が岩倉正伸に代わって以降、時任美南海からの連絡は完全に途絶えた。途中で担当者が別人になるのは正直あまり歓迎できない。だが、この場合は仕方がないと諦めた。まったくの新人ではなくベテランの岩倉に代わったのが、まだ幸いだったと思うことにした。

お蔭様で単行本は無事に刊行された。しかし打ち上げの席にも、残念ながら時任は姿を見せなかった。現れたのは岩倉と福原彩萌《ふくはらあやめ》という時任より四、五歳ほど年上の女性編集者だった。

岩倉の紹介で初対面の彼女と名刺交換をしたあと、

「時任さんは、お元気ですか」

僕は言外の意味を匂わせるような口調で尋ねた。彼女はその後どうしたのか、あれから何かあったのか、なぜ今日は来ないのか、という様々な思いを込めて訊いたつもりだった。

「しばらくお休みをいただいております」

にも拘らず岩倉は、あっさりと答えただけですませた。その態度に慇懃《いんぎん》無礼《ぶれい》さはなかったものの、それ以上は彼女に触れたくないという気持ちが、あからさまに表れていた気がする。

「時任は真面目な性格なので、今回の件を、ちょっと真剣に受け取り過ぎたようなんです」

さすがに愛想がないと思ったのか、福原が横から助け船を出した。

「でも彼女はしっかりしていますから、すぐに復帰できると思います。それまでは私が、先生のご担当を務めさせていただきます。本書もしっかりと売って参ります」

そのまま時任の話題から、拙作の新しい担当者としての意気込みを語る方向へと、自然に会話の流れを変えてしまった。

意図的に話を逸《そ》らされたのは心外だったが、かといって福原に対する印象は悪くなかった。彼女なら時任とは違い、少々の怪異に遭っても動じないのではないか。いや、そもそも怪異になど遭遇しないタイプなのかもしれない。

打ち上げ中も終始、良い雰囲気だった。単行本の販促や次回作についてなど、そういう場では普通に出る話をした。特に気になる点など何もなかった。最後は「今後ともよろしくお願いします」と互いに挨拶をして和やかに別れた。

ところが、その後まったく連絡が来ない。僕が「売れ行きはどうですか」とメールで問い合わせると、福原から「出足は良いです。期待できると思います」と返信はあったが、あとが続かない。ぷつんと切れてしまう。

本当は売れてないからか。

そのうち僕は疑い出した。何処《どこ》の世界でも同じだろうが、出版業界もシビアである。本が売れている間は「先生、ぜひ次回作を」とせっつかれるが、成績が落ち出すと相手にされなくなる。つまり編集者からの連絡が途絶えるわけだ。

やっぱり怪奇短篇集の単行本は駄目か。

思わず弱気になったが、念のために編集者時代の後輩に頼んで――彼は某出版社で書店営業の部長をしている――『怪談のテープ起こし』の売れ行きを調べてもらった。その結果、「売れている」と誇るほどではないが、「売れていない」と悲観するレベルでもないと分かった。

だったら、なぜ……。

僕は首を傾げたが、当の編集者から連絡が来ない以上はどうしようもない。幸いにも他社の執筆依頼は途切れることなく続いている。そちらに専念すべきだと思い、その通りにしているうちに歳月は流れた。

そして二〇一八年の九月の某日に、岩倉からメールが届いた。内容は『怪談のテープ起こし』の文庫化の打診である。翌年の一月の刊行を考えているらしい。単行本がそこそこ売れていないと、まず文庫の話も出ない。ここで遅蒔きながら僕は、ようやくほっとした。

良い機会なので書いておこう。作家が「新作を出します」とSNSなどで告知すると、「文庫になったら買います」とコメントをする読者がいる。単行本は高いうえに場所を取るので気持ちは分かる。しかし肝心の単行本が売れないと文庫は出ない。そして本が売れないと、いずれその作家は廃業する羽目になる。古書店と図書館の利用にも同様のことが言える。

大好きな作家がいて、新作を読みたいと願うのなら、何冊かに一冊でも単行本を購入して応援することが大切です。僕も一読者として昔から心掛けている。

話が逸れた。元に戻そう。

岩倉のメールに返信をして、お馴染《なじみ》のファミレスで会うことにした。この店で珈琲《コーヒー》を注文すると出来合いではなく、ちゃんと一から淹《い》れてくれる。それが好きで利用していたのだが、いつの間にかドリンクバーに変わってしまった。しかもお冷までセルフサービスになっている。これでは他のファミレスと同じだと失望したが、かといって適当な店が近所にはない。仕方なく今まで通り、そこを打ち合わせ場所に指定した。

日中は執筆に充てたいので、約束の時間を夕方にする。その日は朝から曇天で陽射《ひざ》しはなかったものの、湿度は高くて蒸していた。ドリンクバーの珈琲ではなくビールを頼もうと、好《よ》からぬ考えに耽《ふけ》りながらファミレスに入った僕は、とっさに目が点になった。

なぜなら岩倉の横に、時任美南海が座っていたからだ。

二人が立ち上がって挨拶するのを、まるで夢の中の出来事のように捉えている僕がいた。そのせいで「あとはよろしくお願いします」と頭を下げて、さっさと岩倉だけ帰ってしまっても、まったく何も言えなかった。

「何を注文なさいますか」

我に返ったときには、時任と向かい合って座っていた。

「……あ、暑いので、グラスのビールをお願いします」

その頃になって、ようやく岩倉の仕打ちを認識する始末である。とはいえ腹が立ったわけではない。ただ彼女と二人切りにさせられて、正直かなり困惑した。

いくら元の担当者だと言っても、妙なブランクが存在しているのだから、ここは岩倉が仕切るべきではないだろうか。

そんな僕の思いとは違って、時任はまったく何事もなかったかのように——今日まで僕との関係が切れていた事実などなかったかの如《ごと》く——普通に打ち合わせを進めていく。こちらとしては色々と訊きたいことがあるのに、少しも口を挟めない。できれば福原彩萌の近状も尋ねたい。しかしながら仕事以外の話が全然できない状況のままで、はっと気がつくと僕はビールを三杯も飲んでいた。

確か彼女は土壇場で、単行本の刊行に反対したのではなかったか。

それなのに今、こうして積極的に文庫版の話をしているのは、なぜなのか。

解説者の候補を次々と上げる時任に、「その人もいいね」と適当に相槌《あいづち》を打ちつつ、そう心の中で思っていたときである。

「あっ、すみません。お冷がまだでしたね」

時任は席を立つと、セルフサービスのお冷を盆に載せて運んできた。

「ありがとう」

僕は礼を言ったあと、ひたすら打ち合わせに専念した。あとはメールのやり取りだけですむように、できるだけ入念に仕事の話をした。

そして最後に、「終章」に加筆したいと申し出た。

「何を書かれるのですか」

「単行本のときと同じように、こういった編集の裏話だな」

彼女の質問に、僕は無難に答えたのだが、

「でも、そんな書くようなネタがあるでしょうか」

「別になくても、あまり問題はないと思う。メタっぽい雰囲気が出せれば、それだけで加筆の意味はあるから」

すると彼女は急に微笑《ほほえ》んでから、

「先生がわざわざ『終章』に入れられた、吉柳吉彦が残したカセットテープから聞こえた、あの謎の言葉の意味を、私ちゃんと解きましたよ」

「えっ……」

「すぐ近くに、実はヒントがあったんですね」

「…………」

「だから福原さんにも、あの言葉の意味を教えてあげたんです」

――という経緯があって、僕は今この原稿を書いている。そして読者がこの文章に目を通しているのであれば、無事に文庫版の「終章」に加えられたことになる。

そんな断りを入れるのは、時任が没にするかもしれないからだ。ここまで追加原稿を読んできた彼女は、きっと不思議に思うだろう。いったい何処に没にする要素があるのか……と。

時任さん、あなたはあれを無意識にやったのだろうか。例のファミレスで打ち合わせをしたとき、あなたはセルフサービスのお冷を運んできた。まず僕の前に一つ、それから自分の前に一つ、最後に自分の隣にもお冷を置きましたね。岩倉さんはすぐに帰ったので、我々は二人だけでした。にも拘らずあなたは、三つのお冷を用意した。

だから僕はあのあと、仕事だけの話に集中した。再び時任さんと会って打ち合わせをしなくてすむように、とにかく打ち合わせに専念した。

なぜなら次回があった場合、あなたが三つ目のお冷を、誰もいない僕の隣の席に置きそうな予感を覚えたから……。

この加筆原稿を没にするかどうか、あなたにお任せします。でも可能な限り入れて下さい。そうすることで読者にも注意を促せるからです。

もあぢろびぢうぢなまばぢま、づめねぢぬんねがう……。

吉柳吉彦が残したカセットテープから聞こえた、この謎の言葉の意味は、決して解かないように……と忠告できるからです。

解説

朝宮運河

本書『怪談のテープ起こし』は、〈刀城言耶《とうじょうげんや》シリーズ〉や〈死相学探偵シリーズ〉などの人気作で知られる作家・三津田信三が、二〇一六年に上梓《じょうし》したホラー短編集の文庫版である。

ミステリ作家として堂々たる実績を誇る著者が、同時に現代屈指のホラー小説の名手であることは、読者の皆さんもご存じだろう。世にホラー小説と呼ばれるものは星の数ほどあるが、真にぞっとする小説、真夜中に思い出して眠れなくなるような小説は、決して多くはない。三津田信三はこの「怖い物語が読みたい」というホラーファンの渇きに、常に応えてくれる希有《けう》な作家だ。

試みにこのジャンルでの代表作をあげてみるなら、デビュー作『忌館《いかん》　ホラー作家の棲《す》む家』に始まるメタフィクション・ホラー連作〈作家三部作〉、土俗の闇を描いて映画化もされた『のぞきめ』、鬼気迫る幽霊屋敷ものの〈家シリーズ〉、とゼロ年代から一〇年代にかけての国産ホラーシーンを語るうえで欠かせない傑作・野心作が目白押しである。

しかも嬉《うれ》しいことに、著者は長編と同じくらい、短編ホラーにも力を入れている。『怪談のテープ起こし』は、『赫眼《あかまなこ》』『ついてくるもの』『誰かの家』に次ぐ第四短編集だが、その後も祟《たた》りをなす物をモチーフにした『忌物堂鬼談《いぶつどうきだん》』、巨匠江戸川乱歩の世界に挑んだ『犯罪乱歩幻想』と、特色あるホラー・怪談系作品集を発表しているのは、ホラー短編をこよなく愛する読者として喜ばしいことだ。

『怪談のテープ起こし』は、雑誌「小説すばる」に掲載された六編を収めている。単行本化にあたって、「序章」「幕間（一）」「幕間（二）」「終章」のパートが書き加えられた。粒よりの怪異譚《たん》を読み進めるうち、やがて作品全体を貫く企《たく》みに気づかされる――、という卓抜な構成を取っているので、ぜひ掲載順に読んでいただきたい。今回の文庫化にあたって「終章」にさらなる加筆が施されているので、単行本ですでにお読みの方も要チェックである。

ところで、タイトルにある「テープ起こし」という語を、ご存じない方があるかもしれないので説明しておく。テープ起こしとは、録音された音声（インタビューや座談、講演など）を、文字に書き起こすことをいう。録音手段がアナログからデジタルに変わり、世間からカセットテープが姿を消しても、出版業界では慣用的に「テープを回す」「テープを起こす」といった言葉が使われているようだ。

本書巻頭に置かれた「死人のテープ起こし」は、このテープ起こしが怪異の引き金となる怪談である。語り手は著者である三津田自身。作家デビュー前、編集者として働いていた三津田は、とある本の打ち合わせで吉柳というフリーライターと顔を合わせた。その無愛想な男は「これから死のうという人間の肉声」が録音されたテープを何本も所持しており、それを纏《まと》めて一冊の本にすることを考えているという。後日、吉柳から三津田のもとに荷物が届いた。中には三人の自殺者の最期を生々しく記録した、テープ起こしの原稿が入っていた……。

行間から濃密な死の気配が立ちのぼってくるような「死人のテープ起こし」は、三津田ホラー史上もっとも禍々《まがまが》しく、暗鬱《あんうつ》な一作だろう。読者はテープ起こし原稿を読むことで、自殺者の味わった孤独や後悔、絶望や恐怖をリアルタイムで追体験することになる。英国の怪奇作家H・R・ウェイクフィールドには、幽霊屋敷探索に出かけた男の言動を生放送のラジオ番組形式で綴《つづ》った「ゴースト・ハント」という著名な短編があるが、本作の自殺実況テープに漂う緊張感はそれに勝るとも劣らない。物語後半、原稿を受け取った三津田のもとでも変事が起きるようになるが、テープの内容を考えれば当然という気がする。

三津田はホラー小説や怪談のマニアとしても知られ、二〇一八年には国内外の傑作怪奇短編を選《よ》りすぐった『怪異十三』というアンソロジーも編纂《へんさん》した。恐怖の手練手管を研究し尽くした著者だけに、自ら手がけるホラーもさまざまな趣向が凝らされている。次はどの方向から怖がらせてくれるのか、と目を光らせながら読むのも、本書の愉《たの》しみのひとつだ。

二作目の「留守番の夜」は、風変わりなアルバイトにまつわる短編。大学生の麻衣子はクラブのOGから、他人の家で一晩留守番をする、というバイトを紹介された。留守番をする袴谷邸は、横浜の新興住宅地に建つ三階建ての豪邸だ。主人の袴谷光史は、年老いた妻の伯母が同居していること、伯母の住む三階には立ち入らないこと、を言い残し出かけてゆく。麻衣子が留守番をしていると、家のあちこちから不審な物音が聞こえ始める。

曰《いわ》くありげな豪邸が舞台で、しかもその近所では未解決の殺人事件が起こっている、となれば怪談めいた出来事が起こらない方がおかしいが、そこにあえて現代的なサイコホラーの要素を絡めた着想がユニーク。光史の妻の洩《も》らした一言から不穏なムードが高まり、叫び出したくなるようなクライマックスが到来する。ラスト五行で明かされるある事実には、背筋がさらに冷たくなるだろう。

見知らぬ者同士のハイキングが、戦慄の恐怖体験へと変じてゆくのが三作目の「集まった四人」。年上の友人に誘われて登山に出かけることになった勝也。しかし集合場所の駅に行くと友人の姿はなく、携帯電話には行けなくなったので他の三人と登ってくれ、というメッセージが入っていた。勝也は気乗りしないまま初対面のメンバーと山に登り始める。

「留守番の夜」とは打って変わって、直接的なショック描写のない山岳怪談。ささやかな違和感がいくつも寄り集まって、日本の山が孕《はら》んでいる魔性をまざまざと感じさせるストーリー展開はさすがの一言だ。メンバーを惹《ひ》きつける小さな丸石、一つ目一本足の魔物の噂《うわさ》など、〈刀城言耶シリーズ〉を彷彿《ほうふつ》させる民俗学的な要素も見逃せない。読者は勝也同様、一刻も早くこの不気味な山から離れたいと願うに違いない。

四作目「屍と寝るな」は、三津田の代名詞である「本格ミステリとホラーの融合」を堪能できる一編。暗い雰囲気の漂うS病院の療養病棟に、鹿羽《ろくば》という老人が入院してきた。同室の患者の娘Kが話しかけても反応のなかった彼が、ふいに同じ話を延々とくり返すようになる。どうやら子供の頃に体験した怖《おそ》ろしい出来事を、追体験しているらしいのだが……。

幾重にも入り組んだ語りが、ピントのぼけた古写真のような老人の回想をさらに気味の悪いものにしている。Kから話を聞かされた著者は、いくつかの矛盾点から推理を巡らせ、真相らしきものに辿《たど》り着くが、それはさらなる恐怖に繋《つな》がってゆく。

先に触れたアンソロジー『怪異十三』において、三津田がとりわけ好きな作家だと語っているのが岡本綺堂《きどう》とM・R・ジェイムズである。この二人の魅力について、三津田は「読者の不安を静かに掻《か》き立《た》て、決して徒に騒ぎ立てず、大仰な描写は避け、肝となる怪異も一点集中的に、さらっと描くに留《とど》める」「詳細に語らないことで、読者の想像力を刺激して、お話の背後に隠された恐怖を、勝手に妄想させて慄《おのの》かせる」と述べているが、これはそのまま五作目の「黄雨女」、六作目の「すれちがうもの」などの三津田ホラーにも当てはまる評言だろう。

晴れた日でも全身を黄色い雨具に包み、川沿いの通りに立っている女、という都市伝説的モチーフが扱われる「黄雨女」にしても、毎朝の通勤路ですれ違う人びとの中に、不吉な黒い人影を見てしまう「すれちがうもの」にしても、体験者の若い男女がなぜ怪異に魅入られてしまったのかは分からない。心を病んだ女性の噂や、玄関の前に置かれていた花の挿さったガラス瓶など、断片的な手がかりは与えられているものの、明確な答えは示されないのだ。だからこそ妄想が膨らみ、ますます怖くなる。この二編を読むだけでも、三津田が綺堂やジェイムズの衣鉢を継ぐ、ホラー短編の達人であることがよく分かるだろう。

さて、単行本化にあたって書き下ろされたパートには、本書制作の舞台裏がドキュメンタリー風のタッチで描かれていた。「小説すばる」編集部の時任美南海からホラー短編を依頼された三津田は、自らの体験談である一作目の「死人のテープ起こし」を執筆。二作目以降は三津田が編集者時代に蒐集《しゅうしゅう》していた、怪談テープをもとにした作品が掲載される予定だった。しかし、その計画はある理由から頓挫してしまう。

このパートを読んだ読者は、おそらく戸惑いを隠せないはずだ。果たしてこれは実際にあった出来事なのか、それともフィクションの続きなのか?

著者の日常を作品内に書き込むことで、虚構と現実が入り交じった生々しい恐怖を演出するのは、デビュー作以来著者お得意のテクニックである。本書もよくできたフェイクと読むことは可能だろう。しかしその一方で、作中に登場する書籍や人物には実在するものが数多く含まれているし、現実に自殺者が死の直前、肉声をテープに吹きこんだという例もある(詳細を知りたい方はネットで検索してみていただきたい)。こうした傍証の数々が、本書が単なるフィクションではないことを主張する。

実話か、創作か。どちらとも断定できないところに本書『怪談のテープ起こし』の危険な面白さがあり、油断のならない怖さがある。虚実のあわいから生まれた珠玉のホラー六編プラスアルファを、ぜひじっくりと愉しんでいただきたい。

最後にひとつだけ忠告させてもらうと、本書の謎解きや真相解明にはあまりこだわらない方がいいだろう。古来、好奇心は猫も殺すという。世の中には知らなくてもいいこと、解いてはいけない謎も確かにあるものなのだ。吉柳や時任のような目に遭いたくなければ――、やはりよくできたフェイクと受け取って、ページを閉じるのがよさそうである。

（あさみや・うんが　怪奇幻想ライター）

本書は、二〇一六年七月、集英社より刊行されました。
文庫化にあたり、「終章」に一部加筆しました。

初出
序章　単行本刊行時書き下ろし
死人のテープ起こし　「小説すばる」二〇一三年三月号
留守番の夜　「小説すばる」二〇一四年一月号
幕間（一）　単行本刊行時書き下ろし
集まった四人　「小説すばる」二〇一四年九月号
屍と寝るな　「小説すばる」二〇一五年一月号
幕間（二）　単行本刊行時書き下ろし
黄雨女　「小説すばる」二〇一五年五月号
すれちがうもの　「小説すばる」二〇一六年一月号
終章　単行本刊行時書き下ろし

集英社文庫　目録（日本文学）

- 松澤くれは　りさ子のガチ恋♡俳優沼
- 松永多佳倫　沖縄を変えた男　栽弘義――高校野球に捧げた生涯
- 松永多佳倫　偏差値70からの甲子園　僕たちは野球も学業も頂点を目指す
- 松永天馬　少女か小説か
- 松本侑子　花の寝床
- モンゴメリ　松本侑子・訳　赤毛のアン
- モンゴメリ　松本侑子・訳　アンの青春
- モンゴメリ　松本侑子・訳　アンの愛情
- 丸谷才一　星のあひびき
- 丸谷才一　別れの挨拶
- 麻耶雄嵩　メルカトルと美袋《みなぎ》のための殺人
- 麻耶雄嵩　貴族探偵
- 麻耶雄嵩　あいにくの雨で
- 麻耶雄嵩　貴族探偵対女探偵
- 眉村卓　僕と妻の1778話
- まんしゅうきつこ　まんしゅう家の憂鬱
- 三浦綾子　裁きの家
- 三浦綾子　残像
- 三浦綾子　石の森
- 三浦綾子　ちいろば先生物語(上)(下)
- 三浦綾子　明日のあなたへ　愛するとは許すこと
- みうらじゅん　とんまつりJAPAN　日本全国とんまな祭りガイド
- みうらじゅん　宮藤官九郎　どうして人はキスをしたくなるんだろう？
- 三浦しをん　光
- 三浦英之　五色の虹　満州建国大学卒業生たちの戦後
- 三浦英之　南三陸日記
- 三木卓　柴笛と地図
- 三崎亜記　となり町戦争
- 三崎亜記　バスジャック
- 三崎亜記　失われた町
- 三崎亜記　鼓笛隊の襲来
- 三崎亜記　廃墟建築士
- 三崎亜記　逆回りのお散歩
- 三崎亜記　手のひらの幻獣
- 水上勉　故郷
- 水上勉　働くことと生きること
- 水谷竹秀　日本を捨てた男たち　フィリピンに生きる「困窮邦人」
- 水野宗徳　さよなら、アルマ　戦場に送られた犬の物語
- 未須本有生　ファースト・エンジン
- 水森サトリ　でかい月だな
- 三田誠広　いちご同盟
- 三田誠広　春のソナタ
- 三田誠広　永遠の放課後
- 道尾秀介　光媒の花
- 道尾秀介　鏡の花
- 三津田信三　怪談のテープ起こし
- 美奈川護　ギンカムロ
- 美奈川護　弾丸スタントヒーローズ

集英社文庫　目録（日本文学）

集英社文庫　目録（日本文学）

村上　龍　KYOKO
村上　龍　はじめての夜　二度目の夜　最後の夜
村上　龍　メランコリア
村上龍・中田英寿　文体とパスの精度
村上　龍　タナトス
村上　龍　2days 4girls
村上　龍　69 sixty nine
村田沙耶香　ハコブネ
村山由佳　天使の卵　エンジェルス・エッグ
村山由佳　BAD KIDS
村山由佳　もう一度デジャ・ヴ
村山由佳　野生の風
村山由佳　きみのためにできること
村山由佳　キスまでの距離　おいしいコーヒーのいれ方Ⅰ
村山由佳　青のフェルマータ
村山由佳　僕らの夏　おいしいコーヒーのいれ方Ⅱ

村山由佳　彼女の朝　おいしいコーヒーのいれ方Ⅲ
村山由佳　翼　cry for the moon
村山由佳　雪の降る音　おいしいコーヒーのいれ方Ⅳ
村山由佳　緑の午後　おいしいコーヒーのいれ方Ⅴ
村山由佳　海を抱く　BAD KIDS
村山由佳　遠い背中　おいしいコーヒーのいれ方Ⅵ
村山由佳　夜明けまで1《ワン》マイル　somebody loves you
村山由佳　坂の途中　おいしいコーヒーのいれ方Ⅶ
村山由佳　優しい秘密　おいしいコーヒーのいれ方Ⅷ
村山由佳　聞きたい言葉　おいしいコーヒーのいれ方Ⅸ
村山由佳　天使の梯子
村山由佳　夢のあとさき　おいしいコーヒーのいれ方Ⅹ
村山由佳　ヘヴンリー・ブルー
村山由佳　蜂蜜色の瞳　おいしいコーヒーのいれ方 Second Season Ⅰ
村山由佳　明日の約束　おいしいコーヒーのいれ方 Second Season Ⅱ
村山由佳　約束　―村山由佳の絵のない絵本―

村山由佳　消せない告白　おいしいコーヒーのいれ方 Second Season Ⅲ
村山由佳　凍える月　おいしいコーヒーのいれ方 Second Season Ⅳ
村山由佳　雲の果て　おいしいコーヒーのいれ方 Second Season Ⅴ
村山由佳　彼方の声　おいしいコーヒーのいれ方 Second Season Ⅵ
村山由佳　遥かなる水の音
村山由佳　記憶の海　おいしいコーヒーのいれ方 Second Season Ⅶ
村山由佳　地図のない旅　おいしいコーヒーのいれ方 Second Season Ⅷ
村山由佳　放蕩記
村山由佳　天使の柩
村山由佳　La Vie en Rose　ラヴィアンローズ
群ようこ　トラちゃん
群ようこ　姉の結婚
群ようこ　でも女
群ようこ　トラブルクッキング
群ようこ　働く女
群ようこ　きもの365日

集英社文庫 目録（日本文学）

群ようこ 小美代姐《こみよねえ》さん花乱万丈《からんばんじょう》
群ようこ ひとりの女
群ようこ 小美代姐さん愛縁奇縁
群ようこ 小福歳時記
群ようこ 母のはなし
群ようこ 衣もろもろ
群ようこ 衣にちにち
室井佑月 血《あか》い花《はな》
室井佑月 作家の花道
室井佑月 あぁ～ん、あんあん
室井佑月 ドラゴンフライ
室井佑月 ラブゴーゴー
室井佑月 ラブファイアー
タカコ・半沢・メロジー もっとトマトで美食同源！
毛利志生子 風の王国
茂木健一郎 ピンチに勝てる脳

百舌涼一 生協のルイーダさん あるバイトの物語
百舌涼一 中退サークル
持地佑季子 クジラは歌をうたう
望月諒子 神の手
望月諒子 腐葉土
望月諒子 田崎教授の死を巡る 桜子准教授の考察
望月諒子 鱈目《たらめ》講師の恋と呪殺。 桜子准教授の考察
森絵都 永遠の出口
森絵都 ショート・トリップ
森絵都 屋久島ジュウソウ
森絵都 みかづき
森鷗外 舞姫
森鷗外 高瀬舟
森達也 A3《エースリー》(上)(下)
森博嗣 墜ちていく僕たち
森博嗣 工作少年の日々

森博嗣 ゾラ・一撃・さようなら Zola with a Blow and Goodbye
森博嗣 暗闇・キッス・それだけで Only the Darkness or Her Kiss
森まゆみ 寺暮らし
森まゆみ その日暮らし
森まゆみ 旅暮らし
森まゆみ 貧楽暮らし
森まゆみ 女三人のシベリア鉄道
森まゆみ いで湯暮らし
森まゆみ 『青鞜』の冒険 女が集まって雑誌をつくるということ
森まゆみ 彰義隊遺聞
森瑤子 情事
森瑤子 嫉妬
森見登美彦 宵山万華鏡
森村誠一 壁の目 新・文学賞殺人事件
森村誠一 終着駅
森村誠一 腐蝕花壇

集英社文庫　目録（日本文学）

集英社文庫

怪談《かいだん》のテープ起《お》こし

2019年1月25日　第1刷
2019年6月8日　第4刷

定価はカバーに表示してあります。

著　者　三津田信三《みつだしんぞう》
発行者　徳永　真
発行所　株式会社 集英社
東京都千代田区一ツ橋2-5-10　〒101-8050
電話　【編集部】03-3230-6095
【読者係】03-3230-6080
【販売部】03-3230-6393（書店専用）
印　刷　凸版印刷株式会社
製　本　加藤製本株式会社

フォーマットデザイン　アリヤマデザインストア　マークデザイン　居山浩二

ISBN978-4-08-745830-5 C0193